TRES BALADAS
JUAN MANUEL CANDAL
SALVADOR LUIS
RAMIRO SANCHIZ

ELEKTRIK GENERATION

TRES BALADAS

ISBN-13: 978-0-578-49713-6

Imagen de cubierta: ShaunL vía Istockphoto.com

Impreso en los Estados Unidos / Printed in the United States

Pues mi padre se largó cuando yo tenía tres años
Y no nos dejó mucho a ma y a mí
Solo esta vieja guitarra y una botella vacía
No le culpo porque se fuera corriendo
Pero lo más cruel que hizo
Fue que antes de irse, me puso de nombre Sue

JOHNNY CASH

☠☠☠

Tres baladas fue exhibida el 19 de agosto de 2017 en la ciudad de Bilbao, País Vasco, como parte del segundo día de proyecciones del Festival Internacional de Cine y Video Experimental «Videograma» («Videograma» Nazioarteko Zine eta Bideo Esperimentalen Jaialdia).

Fue ovacionada por ocho personas.

Primer segmento:

Perro Malo

Dirigido por Juan Manuel Candal

Duración: 66 minutos

La gente que se gana la vida coqueteando con el desastre desarrolla un talento para la imaginación pesimista, una anticipación de lo peor, que a menudo no se distingue de la clarividencia.

Michael Chabon
Las asombrosas aventuras de Kavalier & Clay

Habría sido una buena mujer —dijo el Desequilibrado— si hubiera tenío a alguien cerca que le disparara cada minuto de su vida.

Flannery O'Connor
Un hombre bueno es difícil de encontrar

28

¿Qué mirás, Bobo? Con esa carita triste, de pavote, porque, la verdad, siempre tuviste cara de pavote. ¿O por qué te creés que te puse Bobo?

Llegaste chiquito, tres meses, con cara de peste triste. A Anita le pareciste tierno. Se encariñó en menos de lo que tardaste en ir y mearnos el sofá. Ella te quería poner Pluto. Yo empecé a llamarte: Bo-bo-Bo-bo-Bo-bo-Bo-bo y viniste corriendo. Seguro te sentías querido e importante. Así fue como tomaste tu primera decisión. Elegiste llamarte Bobo.

Sabés, cuando era chico, tuve otro perro. Mis viejos lo encontraron en la ruta. Como buen nene de mamá, me encariñé con ese peludo mostaza. Al poco tiempo, el bicho se trenzó en el parque y se agarró la rabia. Lo vacunamos tarde, nos dijeron. Empezó a echar espuma por la boca. Un día casi me saca una mano cuando fui a darle de comer. Todavía tengo la marca, ¿ves? Nunca me olvidé de eso. Al perro con rabia hay que sacrificarlo. Es irrecuperable. Papá aprovechó la oportunidad para enseñarme a tirar. Me puso una escopeta en las manos. Yo temblaba. Debo haberle parecido un marica de mierda, porque enseguida agarró el fierro y apuntó. *Aprendé*, me ordenó, con la voz firme y serena. Con la voz muerta. Estábamos en el jardín del fondo y hacía frío. El perro estaba atado y nos miraba. No, me miraba a mí. No tenía miedo, los bichos no les tienen miedo a las armas, yo era el que se había asustado. Y mi viejo apuntaba. Se tomaba su tiempo; le gustaba el momento previo, como si estuviera por acabar y tratara de aguantarse. Después tronó y el estómago del perro se llenó de sangre. Y el viejo puteaba porque había querido meterle bala en el cráneo.

Estos veintiocho días, Bobo, es el tiempo que me queda hasta que pague esa deuda. Hasta que me toque a mí tirar del gatillo. Vení, dame un besito. Ahí está. Te quiero, Bobo. Y ahora, andá a hacer tu vida de perro, que tengo mucho que planificar.

27

Puta madre, estoy todo manchado. Desde chico me fascina descubrir colores y matices, cuando me pasaba la tarde mezclando témperas en mi cuarto y pintando hojas blancas a escondidas.

Mi cabeza es diferente a la mayoría de las cabezas: tengo un aneurisma cerebral del tamaño de Saturno. O Mercurio, tampoco es para tanto. Podría vivir un cierto tiempo, aunque sea inoperable. O morirme mañana, si revienta. Felicitaciones a mí, entonces, dedico este premio al pelotudo de mi viejo, que en una noche de calentura se clavó a la vieja y me puso en camino a este mundo. ¿Parezco cínico? ¿Parezco resentido? Quisiera creer que no. Pero algo que puedo decir es que es una gran mentira que el arte sea útil para la catarsis.

Es inútil para la catarsis, pero siempre está a mano cuando uno no sabe qué decirle a su terapeuta. Esa vendría a ser la Bittoni, refinada doctora. Tan segura de sí misma. Le gustaba atender en su consultorio, siempre enfundada en algo apretadito, una camisita rosa entallada, dando noticia de sus tetas a todo cristiano. Tenía, tiene, un pelo negro larguísimo, lacio. Ojos también negros y anteojos de marco grueso y oscuro. Bien de puta, que sí, que no. Ese gesto casual, el del pelo, como si estuviera en una cita a medio resolver.

—¿Así que pinta?

—Cuando tengo tiempo.

Siempre, siempre, interrumpía la sesión a la mitad y se iba zarandeando el culo hacia la cocina para volver con un vaso de agua.

Y después venía la prédica respecto a Anita y Martín, y mi tendencia a aislarme de ellos. Así está la cosa ahora: todo el tiempo hay que demostrar sentimientos, llorar y ser vulnerable. Vivimos en una ciudad de nenes de cuarenta años que dirigen empresas y quieren llamar la atención de papá y mamá.

—Pero Anita no piensa como usted.

Y dale.

La mayoría de las veces me quedaba callado y manso. Estaba seguro de que ella se equivocaba, pero se me nublaban las ideas cuando me miraba por encima del borde de sus anteojos. Siempre parecía a un paso de relamerse los labios.

¿Dónde estará ahora la Bittoni? Me gustaría ir a visitarla, contarle cómo me arruinó la vida con ese último consejo antes de que todo se fuera a la mierda. Me gustaría cogérmela brutalmente, hacerla aullar de dolor y placer a la vez, pero sobre todo de dolor. Por ahí, sacudirle un par de piñas mientras llega al orgasmo.

26

Hoy me compré una réplica de la Glock calibre 22. Aire comprimido con potencia a gas. Mercado Libre: 4260 pesos. La tengo que retirar el lunes en el local. Mirando un catálogo de armas, vi que hay una Magnum calibre 50. La original tiene una munición que es una bomba de mortero, pero solo carga de a tres, aunque... ¿qué se le puede pedir a semejante bestia? Con esas ganábamos la guerra de Malvinas. Algo en el mundo tiene que estar muy bien para que uno pueda comprar semejante belleza sin moverse de su casa.

Ya me siento más seguro, con mi replica Glock en camino. Me siento más seguro de poder seguir adelante con mi boceto. Ya todos ustedes adivinaron: si no pasa nada raro, si la venita no explota antes, hay un *deadline*. Como con las entregas de maquetas y anteproyectos. Nunca supe apuntar —el viejo no volvió a tratar de enseñarme después de esa tarde con el perro—, y tampoco es tan fácil comprar un arma, así que decidí que era mejor primero hacerme la mano con un aire comprimido. Mi bebé. Es increíble que aún desarmada y descompuesta en partes, una pistola sigue siendo algo hermoso. En cambio, una persona descompuesta en partes es un revoltijo.

Ayer me quedé pensando en la Bittoni. Quizás sea porque toda la gente que me importa está muy lejos o está muy muerta.

¿Qué pasa, Bobo? Sí, sí, ya sé, querés comer. Esperá un poco, estoy ocupado pensando. A veces me gusta pensar mi vida como una instalación. Tiene su gracia: el espectador se pasea por el interior de la obra, está inmerso. ¿Y qué contaría una instalación que hablara de mí? Me imagino a Anita como una muñeca rota, en una esquina. A Martincito como una sombra. A Eduardo como un figurín de madera, inmóvil. No sé si ya dije que con Eduardo terminamos disolviendo el estudio. No lo culpo, con todo lo que pasó, pero nunca tuvo huevos. Así que terminé por las mías, aunque en realidad ya soy casi un desempleado. Me gusta andar a la moda.

Lo que quería retomar era el asunto de la licenciada Bittoni. Cuando al año de nacido Martín, con Anita nos separamos un tiempo, decidí ser ese hombre lloroso y vulnerable que el nuevo mundo llena de medallas. Dije en terapia:

—La necesito de vuelta. No aguanto más. Necesito volver a casa. Estar con ellos, con Martín. Mirar el partido tirado en el sillón, sentir el olorcito al pollo con papas de la cena. Puedo... puedo trabajar desde allá, incluso. Necesito mi mate. Buscar al nene a la salida del colegio. Necesito dormir acompañado, que alguien me tape a la noche cuando me doy vuelta en la cama. Que me dejen el café calentito en la jarra, que me abracen mientras leo el diario y como las tostadas.

La muy puta respondía cosas como:

—Usted no extraña a Anita, Daniel. Extraña la vida cómoda, tener el resguardo de la rutina. Usted los necesita para que cumplan la función de familia.

Yo me quedaba en silencio. Sus manos tenían dedos largos y en uno de ellos tenía un anillo.

—Usted está casada, ¿no? —le pregunté un día.

—¿Perdón?

—Es una pregunta simple. ¿Está casada o no?

Enderezó la espalda, casi como una cobra a punto de atacar.

—Sí, soy casada. ¿Por?

—¿Y por qué se viste así? ¿Por comodidad? ¿Un pantalón

que le raja el culo por la mitad le resulta cómodo? Una camisita que apenas le sostiene las tetas... ¿eso le queda cómodo? Usted se viste así porque le gusta jugar un juego. Le gusta que la miren. Le gusta que el choricero que vive enfrente de su casa la vea pasar y se caliente. Le gusta que el diariero se haga la paja pensando en usted. Claro que sí.

—Daniel...

—A que también le gusta calentar a las mujeres. A que sí. A que en su cabecita picarona sabe bien de lo que le estoy hablando.

La Bittoni se tiró contra el respaldo de su silla.

—Está bien, Daniel. A ver... ¿a dónde quiere llegar con todo esto?

—Por ahí usted está enamorada de su esposo. Por ahí no. Pero no me venga a hablar de la familia o el matrimonio como si fuera algo más que una comodidad, algo que cumple una función.

No recuerdo bien, pero seguro entonces se levantó a buscar un vaso de agua.

25

Hoy me desperté llorando. Soñaba con mi padre. Él estaba igual que cuando yo era chico, pero yo era como soy ahora. Me pedía que le enseñara a pintar. Caminábamos por el barrio de Núñez y él estaba convencido de que podíamos usar cualquier pared. Veíamos todas las casas que yo había hecho con Eduardo. Mi viejo sacaba de un maletín tres oleos, colores primarios. Hacía que los rojos, amarillos y azules eyacularan sobre las paredes, pero no podía manejar el pincel. Me pedía ayuda: necesitaba comunicar algo al mundo, ahí mismo, no había tiempo: tenía un mensaje. Yo me iba alejando, con miedo, mientras lo veía llenando todo de colores, como un Nabucodonosor desquiciado. Y me desperté llorando nomás. Hace un par de semanas, soñé algo muy gracioso que ahora no me acuerdo y me desperté riendo. No tengo ni puta idea qué quiere decir todo esto.

24

Hoy descubrí con tristeza que no voy a tener una réplica Glock. Resulta que estaba mal posteada en Mercado Libre y al final es una Bersa Thunder. No suena tan sexy como decir *Tengo una Glock*, y aparte *Bersa* suena a *mersa*. Por ahí digo que tengo una Glock, total, si la tengo que usar para sacarle un ojo a alguien, nadie se va a poner a mirar la marca.

En otro orden de cosas, hoy tenía en el contestador un llamado de un cliente. Pleno domingo y el tipo llamando por laburo. Le construí la casa antes de que Martincito naciera. El tipo, entonces, recién se casaba. Hoy tiene dos hijos y quiere hablarme de una reforma para ampliar. Por supuesto, no lo llamé. ¿Cómo carajo se acuerda de mí, casi siete años después? Me dan ganas de ir a prenderle fuego los calzoncillos.

Porque sos *Suertudo*, como el gato de Alf, decía siempre Anita.

23

A Anita le gustaba leer, mucho más que a mí. Yo leía bastante de adolescente, después me dediqué a cosas serias. Pero me gustaba que ella tuviese un pasatiempo. En la mesa de luz de Anita siempre había tres pilones de libros encastrados: acostados-parados-acostados. *¿Jugás al Tetris con los libros?* Y ella se reía. Lo más parecido a una infidelidad de su parte tuvo que ver con la lectura. Fue el día que la encontré con un libro de Andrés Casanova.

Con Casanovita, que era como le decíamos en la escuela, fuimos compañeros de secundaria. No éramos amigos. *Yo* no era amigo de *él*, pero él era amigo de todos, le gustaba sentarse a charlar con todo el mundo. Supongo que ahora tiene un millón de amigos, como dice la canción. También tiene un millón de lectores, y por ahí hasta un millón de pesos en el banco. Casanovita escribía. Historias medio boludas, de vampiros y *zombies* y cosas fantásticas. *La dimensión desconocida* era su serie favorita. Juntaba un puñado de cuentos, imprimía unas veinte o treinta copias en la computadora de la casa y después le ponía un ganchito a cada uno de sus «ejemplares». Los vendía por diez mil australes en el recreo.

—A mí la guita no me importa, con eso no comprás ni un sándwich. Pero si lo regalo no es igual. Cuando pagás algo, lo cuidás más.

Creo que nunca vendió más de doce, pero logró hacerse conocido en toda la escuela. Como sabía que a mí me gustaba dibujar, me propuso integrarme a su revista: por mis ilustraciones me ofrecía el 30% de lo recaudado.

—¿Por qué 3000 australes? Yo quiero la mitad.

—No, Dani, yo corro con los gastos de publicación, por eso la diferencia.

Nuestra sociedad artístico-comercial nunca pasó de la teoría a la práctica.

—¿Estás leyendo a Casanova?

—Sí... ¿lo conocés? —respondió, mirándome por encima del libro.

—Pero sí, Anita. ¿Cuántas veces te hablé de él?

Miró la tapa del libro, el nombre ANDRÉS CASANOVA en relieve plateado, y luego, en la solapa, su expresión exitosa y reluciente.

—¿Andrés Casanova es Casanovita?

Asentí, supongo que con aquella irritación que siempre me enrrostraba.

—Nunca se me ocurrió que tu amigo... No sé, ¿vos sabés lo que se venden los libros de este hombre?

—Sí, Anita. Claro que se venden. Si vos supieras quién era Casanovita. Escribía cuentos de *zombies*...

Anita se rió, como se reía siempre. Yo la miré y me tenté, y aunque quise contenerme para poder seguir indignado, la risa fue abriéndose paso hasta que los dos terminamos explotando en una gran carcajada. Cuando finalmente pudimos respirar, Anita, que todavía se reía con los ojos, me contó que Fernanda era casi una devota de Casanova. Fernanda era su amiga de la facultad y la única a la que veía seguido.

—Ella dice que es algo totalmente nuevo: como un libro de autoayuda pero novelado.

—Sí, viene robando con eso desde hace diez años por lo menos. ¿Te gusta?

—¿El libro? No sé, llevo quince páginas recién. El título es un poco cursi, eso te lo admito.

Y lo decía sosteniendo en sus manos un bodoque llamado *De sueños también se vive*.

Después del secundario nunca más me vi con Casanovita. Durante esos años fue que pasó a ser

ANDRÉS CASANOVA, DISPONIBLE EN TODAS LAS LIBRERIAS DEL PAÍS,

y

ANDRÉS CASANOVA, ¡MÁS DE 20 000 EJEMPLARES VENDIDOS!

y

ANDRÉS CASANOVA, MIL VECES MÁS SUERTUDO QUE DANIEL PLANO.

Uno nunca se cree que la gente que conoció de modo ordinario vaya a tener logros importantes. Supongo que es porque el éxito de ellos enseguida nos conduce a un examen de nuestros fracasos. Y de un día para el otro, él estaba en televisión, en las revistas, en la radio: ibas al baño, abrías la tapa del inodoro y ahí estaba Casanova, listo para decirte que cagar también podía ser un acto de amor.

Los paralelos entre él y yo son increíbles. Supongo que para muchos él podría ser el relato y yo la parábola. Su popularidad *literaria*, por llamarla de algún modo, creció en paralelo a mi ascenso en el mundo de la arquitectura. Mientras yo fui *Suertudo* (y me rompí el orto laburando y haciendo planos antes de que todo se computarizara), él había dejado a los vampiros para alinear los chacras y así se volvió la cara más rentable dentro del sector combustible de las librerías. La diferencia es que yo me separé un tiempo de mi mujer y me fui de casa. Casanova, en cambio, se quedó en la mesita de luz hasta el final.

Siempre me pregunté por qué las mujeres siguen creyendo que son las que más ceden en las relaciones. Como si uno no abandonara un montón de hábitos también. Cuando yo vivía solo me hacía una paja alegremente por la mañana casi todos los días antes de desayunar, andaba en pelotas por la casa, comía en la cama mirando fútbol, dejaba la ropa tirada en el pasillo, me acostaba con una remera blanca con la cara de George Harrison manchada de pintura, y nunca tenía en la heladera más que huevos, una mayonesa vencida y agua. Y sin embargo, cuando nos separamos, Anita estaba convencida de que había vivido años de sometimiento. Ahora podía mirar telenovelas sin vergüenza, colgar adornos pedorros comprados en la feria hippie, y leer a Casanova sin culpas.

Porque parece que se inhibía de leer al eminente autor delante de mí. Las minas son así. *Decime la verdad*, te piden, y después nunca les gusta la verdad. Cuando te piden que les digas la verdad, lo que en realidad quieren es que les mientas. *Decime lo que quiero escuchar, aunque sea mentira, y hagamos como que es verdad*. Garantizo que nunca lleva a buen puerto la verdad. La mentira, en cambio, es el gran garante de las relaciones estables. *No, no me gusta mi secretaria. No me calienta la profesora del gimnasio. No le miraba las tetas a la psicóloga. Jamás, pero jamás se me ocurrió hacer un trío con vos y tu hermana*. Y ellas también mienten, todos mentimos. Así andamos mansitos y descansados.

El día que me fui de casa, la despedida fue triste, apagada; llena de palabras atragantadas, de pasos en falso que yo había anticipado en dibujos estúpidos que después terminé tirando porque odiaba trazar mis desgracias con técnica depurada. Ella aprovechó para retomar a Casanova. No solo leyó el bodoque infame, sino que fue completando la *obra* al punto de que el tipo de la sonrisa perpetua se transformó en su autor de cabecera. Y esto sí que no cambió ni siquiera cuando volví.

Supe del aneurisma unos seis meses antes de contarle a Anita. En realidad, cuando me enteré no se lo conté a nadie. Tenía la vaga sensación de que estaba viviendo un sueño o, más bien, una profecía. Claro que sabía que era real, pero a la vez... apenas había pasado casi un año desde el reencuentro. Martín había empezado primer grado, yo me había comprometido a volver a terapia, y el ánimo general era bueno. Quizás había sido forzado en un principio, pero nos queríamos, y enseguida fuimos pactando nuestro propio desarme nuclear hasta lograr una paz duradera.

Y entonces, la tzar-bomba se formó dentro de mi cabeza. Como una reacción biológica a mi intento de convertirme en un hombre de familia.

Ahora, los médicos son unos fenómenos. Siempre tan altivos ellos, tan condescendientes, y cuando uno les hace una pregunta tan simple como *¿por qué es complicado de operar?*, el tipo se para y responde: *Bueno, es difícil de precisar... en un caso como este, teniendo en cuenta el estadio en el que se encuentra y los últimos estudios, es difícil ser preciso.*

Pelotudo.

Ese día fui a tomar un café a unas cuadras de la clínica, a conmiserarme un poco. Me iba a morir. Eso era todo. Me daba pena, por ahí hasta culpa, por Anita, que había vuelto conmigo para esto, y Martincito, que pronto iba a quedarse sin papá. Esa clase de penas no duelen: es algo peor, se sienten como una derrota. Pero no dije nada. Me llevé la resonancia magnética y pinté el aneurisma con acrílicos como una amapola de colores vitales y violentos.

Teniendo en cuenta la tragedia que se desató el día que me animé a hablarlo, a veces creo que sí fue, al final, como una profecía, porque callarme le alargó un poco la vida a mi mujer. Y a Martincito. Aunque, claro, como todos me recuerdan, todavía no sabemos bien qué pasó con Martincito. Solo que yo sí lo sé.

No sé explicarlo hoy. Por ahí ayer lo hubiera podido contar mejor. Por ahí mañana.

Ayer busqué la Glock —sí, la Glock que en realidad no es una Glock—. Ahora mismo, mientras dicto estas palabras, la tomo en mis manos y la acaricio. El tubito de gas parece un Ventolín en miniatura. Los balines son un chiste. Me siento poco hombre. Después voy a ir al jardín del fondo a practicar tiro con una botella de Coca Cola, como vi que hacía un yanqui en la televisión.

Igual, apenas llegué hoy a casa, lo primero que hice fue bajar al sótano. Me cuesta porque están todos esos cuadros de los días que me pasé encerrado vomitando oleos y acrílicos y pintando gente muerta. Bobo me anduvo atrás y por una vez me gustó tenerlo cerca. Ese sótano es despiadado. Bueno, la cosa es que estaba ahí con mi no-Glock recién comprada y lo que buscaba eran los cuadros que había pintado unos años atrás. Son tres e ilustran, en serie, la secuencia del final de «Un hombre bueno es difícil de encontrar». Los había pintado para Anita hace mucho, cuando me contó de su fascinación con ese cuento. En uno, la vieja está cayendo al piso, baleada. En otro se ve la tierra infinita que los rodea. En el más grande (dos por dos) aparece mi amigo El Desequilibrado. ¡Qué fascinante personaje! Nunca entendí mucho lo que decía, de qué hablaba, pero no necesitaba justificarlo. Ah, esa libertad absoluta, tener que dejar de pensar en las consecuencias y reventar a la mierda a toda esa gente que te caga la vida todos los días mientras te cocina un asado o te da un consejo amable. Se disfrazan de amigos, se parecen a mi hermano Mario, a los familiares que estuvieron cerca, gente que al día de hoy me invita a cenar y me recibe con vino tinto y platos ceremoniosos. Me dan una palmada y me ocultan la verdadera razón del convite: su compasión.

Lo que soy yo, mi empatía es como un zapato viejo y desfondado.

Creo que fue hace casi diez días... digo, el momento preciso en el que comprendí que tenía que animarme a salir de la mediocridad. Ya tenía claro que no iba a vivir mucho más tiempo, pero fue entonces cuando decidí que yo iba a poner las reglas. Y todo empezó con un *lemon pie*.

Era un domingo tranquilo, y había almorzado media docena de empanadas grasosas de carne del tugurio de la otra cuadra. Estaba pesado, a punto que apenas me podía mover. Pero siempre tuve un metabolismo noble: puedo morfarme un lechón entero que no pierdo la línea; ahora, eso sí, por dos horas me quedo inmóvil como las víboras después de lastrarse una cabra.

Y al pelotudo de Fernando se le dio por llamarme.

—Dani, ¿cómo estás?

Me costó cerca de treinta segundos llegar desde el sofá a la mesita del teléfono, y apenas podía respirar por el exceso de carne picada en mi organismo.

—Fernando. Bien. Qué raro vos llamando a esta hora.

—Si no te llamo yo, no hablamos nunca, che.

Pienso: oligofrénico, ¿no te dice algo eso? Hay una sola cosa que odio más que a un amigo, y eso es un amigo insistente.

—Anduve ocupado.

—Me imagino. ¿Querés venirte a cenar esta noche?

Antes preferiría que me sodomice un albañil paraguayo.

—Estoy un poco cansado, Fernando. ¿Lo dejamos para otro momento?

—Dale, no seas jeropa —me dice de repente, como si no hubiera pasado el tiempo y fuéramos los amigos del secundario, pasando machetes de Fisicoquímica. Pienso una excusa, pero en ese momento cambia la voz del otro lado.

—¿Dani? ¿Cómo estás?

Es Alejandra, el paquidermo. Hace un tiempo se hizo las tetas. Antes era petisa, gorda y narigona. Un día Fernando me dijo *Tenés que ver cómo quedó Ale, boludo, le hice hacer chapa y pintura*. Poco después pasó lo de Anita y nunca vi el resultado.

—Ale, ¿cómo andás?

—Bien, Dani. ¿Dale que te venís esta noche? Mirá que cocino especialmente, eh... —Y un instante después, agrega—: Además, así lo conocés a Axel.

Nunca me gustaron los bebés, nunca entendí esa cosa pelotuda de los padres que viven mostrando el pibe a cuanta gente pasa cerca, como si a alguien más le interesara ver un cacho de carne que no hace otra cosa que dormir, llorar, tomar de la teta y evacuar.

—¿Sabés qué pasa, Ale...? —empiezo. Ella me interrumpe.

—Nada, nada. Te esperamos los tres esta noche... A ver... decile chau al tío Daniel... chauuuuuu... a ver: chaaaaaauuuu... Bueno, Axel te saluda con la manito, Dani... nos vemos, besito.

Se corta la comunicación y me quiero cortar las pelotas.

Me invitaban porque creían que estaba deprimido por lo de Anita. *Pleno invierno y el pobre está solo*, me imagino a la pelotuda diciendo. Probablemente no supieran del aneurisma. Me hubiera gustado decírselos cuando estaban con la pancita llena, a ver cómo les caía la *petite soirée*, pero al final estuve más inspirado.

Dos días antes de aquella invitación, había aparecido en casa una cucaracha. Las cucas son bichos interesantes. Leí que viven de uno a dos años y pueden llegar a sobrevivir hasta un mes sin agua. ¡Un mes! La que tiene dos plataformas que parecen alitas es el macho. Así que apenas lo vi, supe que Juanjo era macho. Juanjo es el nombre que le puse a mi nuevo amigo. Lo sorprendente es que en casa nunca habían aparecido cucarachas. Juanjo, como perdido, como si se hubiera apartado de su comunidad y no supiera volver. Pensé en matarlo, pero nos miramos, frente a frente, yo todavía con la taza que acababa de sacar del aparador, y decidí que le iba a perdonar la vida. Me sentía magnánimo.

A la noche seguía ahí, parado en el mismo lugar. Le llevé un Dogui triturado —cortesía de Bobo—, y se lo dejé en un platito de té. A la mañana siguiente me pareció que había menos del polvillo marrón. Juanjo seguía inmóvil, pero de pie.

Decidí entonces que sería mi nueva mascota. Ahí fue que le puse nombre y comencé el experimento. ¿Hasta cuándo seríamos amigos? ¿Amanecería un día y no quedarían rastros de Juanjo? ¿Era capaz una cucaracha de sentir amor?

Nuestro encuentro fue un viernes y el llamado del imbécil de Fernando un domingo a la tarde y tuve que aceptar la invitación porque me hizo el chantaje de ponerme a la piba y refregarme en la cara que no conozco al nene. No me dejó vivir el luto: esa mañana había encontrado a Juanjo patas para arriba en la alacena. Se había muerto. Pobrecito. Lo junté con mucho cuidado en la palma de mi mano y dudé si tirarlo a la basura. Me daba pena, un destino tan degradante. Entonces me pareció que Bobo estaba interesado.

—Que en paz descanses, hermano. —Y Bobo se lo tragó de sopetón.

20

Retomando lo que contaba ayer.

El día en que Juanjo falleció tuve, por un momento, ganas de llorar.

Pero no pude vivir la pena como Dios manda porque tenía al forro de Fernando esperándome con una cena lista, preparada por la cerda de su mujer. A la que le metía los cuernos con todas las minitas que laburaban en la empresa. Igual, la gorda no es que no se lo merezca: es chabacana, torpe, frívola, y se ríe como un cerdo.

Llegué a las nueve de la noche, puntual como siempre. Llevaba un Malbec Catena Zapata, nada más que para hacerlos sentir poca cosa.

—¿Y? ¿La reconociste a la flaca? —me dice Fernando, después de una cena aburrida en la que me la pasé pensando en Juanjo. Me pregunto si me está hablando en serio, si no es una broma cruel referirse así a ese paquidermo eunuco que tiene por esposa.

—Está cambiada —le digo.

—Desde que se puso las tetas, no para de querer coger. Está convencida de que está más sexy. Yo te digo que apenas si le puedo seguir el ritmo.

—Me imagino.

—Mucho laburo —me dice, y me guiña un ojo, como si tuviéramos algún tipo de complicidad. Esto es lo que quería evitar. Por esto, por este gesto, es que no quería ir: es el gesto que anuncia que del otro lado todavía hay alguien que piensa que yo soy su espejo.

Alejandra aparece con un *lemon pie* desnivelado. El merengue está un poco quemado y me provoca casi el mismo entusiasmo que la cocinera.

—Dani, me vas a tener que disculpar, pero el nene estuvo redemandante toda la tarde... se me pasó un poquito el *lemon*, pero viste, lo que importa es la intención.

Le sonrío y miro alrededor mientras sirve. Es la típica casa reciente con cochera y rejas, que te sale lo mismo que una colonial: decoración de mal gusto pero costosa y moderna. Se nota que pusieron la guita necesaria para mostrarse solventes. Todavía deben estar pagando las cuotas. No me sorprende: Fernando siempre fue así. Pendiente de mostrar que no era un tiro al aire, atento a los buenos contactos laborales y siempre sufriendo porque un amigo, un primo o un conocido avanzaba a mayor velocidad en la escala social. Es el típico cuarentón que finalmente logra comprarse el LED curvo de sesenta pulgadas y anda erecto una semana. Después pasa la novedad y no puede dejar de pensar que hace cuatro años que no cambia el auto.

—¿Che, pudiste cambiar el auto?

Fernando casi que se atraganta con el *lemon pie*.

—No, por ahora no.

—A mí me encanta el que tenemos. Además, es el full-full, tiene todo, aire, para escuchar mp3, todo —agrega Alejandra. Fernando la mira mientras habla.

—Igual, del año que viene no pasa.

—Mi amor, tenemos otras prioridades, ¿no?

Fernando me sonríe y cabecea señalando a Alejandra.

Quiere indicarme que es mujer y que no entiende.

—¿Che, y vos? ¿Estás laburando?

Hijo de puta. Sabe que desde que murió Anita no trabajo. Me está devolviendo el golpe. Bien, si viene volea, sale revés.

—No. La verdad, no lo necesito. El que tiene plata, hace lo que quiere. —Y me zampo un buen pedazo de esa mierda de *lemon pie*.

—Ay, yo le digo siempre a Fer que no tiene que estar tan preocupado por la plata... No te podés pasar la vida pensando en números, es como decía el otro día en la *Revista Viva*, así la gente después se infarta más joven. —La cerda le da un beso baboso en la mejilla—. Así te vas a infartar, cuchi.

Fernando me mira, incómodo. Sabe que me estoy riendo por dentro. En el fondo, él piensa que su mujer es una imbécil, pero es lo que consiguió y sabe que todavía no está en edad de divorciarse. Probablemente cuando se asome a los cincuenta considere que es hora de darse el gusto.

—¿Por qué no te hacés unos cafés? —le dice, queriendo sonar cariñoso. Creo que su mujer ya está contestando algo que nunca llego a escuchar, cuando de repente suena la alarma del auto. Fernando mira, aterrado. *Esperá*, dice con los ojos como dos huevos fritos, y sale corriendo. Cruza el living, llega a la ventana y se asoma tanto que por un momento pienso que se va a caer afuera. Sonrío. Ojalá la vida nos regalara sorpresas tan exquisitas. Se da vuelta: está pálido.

—El auto... Ale, ¡me están robando el auto!

—¿Qué? —Alejandra no entiende. La alarma se escucha cada vez más lejana.

—No, no, ¡no te puedo creer, y la puta madre que me remil parió! —Fernando sale corriendo, abre la puerta de la casa y lo escucho seguir hasta la vereda.

La alarma se corta de repente. Alejandra me mira, perpleja.

—Te salió buenísimo el *lemon* —le comento.

Dos horas después todavía estoy ahí, viciado de esa previsibilidad aceitosa de Fernando y la gorda. Llamaron a la policía, se hizo la denuncia, él explicó que no pudo ver a los chorros y ellos le dijeron que iban a buscar por el modelo y la matrícula. Yo me acuerdo de Juanjo. Cuando la odisea termina, Alejandra ofrece café. Yo me pensaba ir antes, pero el espectáculo del auto me dejó maravillado: bastó que yo lo nombrase para que en cuestión de minutos se lo afanaran. Definitivamente, tengo algo así como el toque de Midas. Y todo el tiempo tengo ganas de reírme. Ay, Anita, *desearía que estuvieras acá.*

—Negros de mierda y la reconcha de su hermana —repite Fernando. El último rato se la pasó puteando tanto que, al lado, Federico Luppi es un poroto. —Encima los del seguro son todos unos pajeros de mierda, te dan mil vueltas, no sé ni para qué carajo les pago.

—Fa, viejo, al final, son todos una mierda. Los chorros, los del seguro. Todos.

Fernando levanta la mirada. Cree que le hago un chiste y no quiere quedar mal. Alejandra llega con los cafés. Cuando Fernando levanta la taza, olvida que está recién hecho y se quema la yema de los dedos. No llega a putear, pero mira a su mujer con furia.

—Ay, Fer, mirá que sos bobito, eh —le dice ella, y le encaja otro beso en la mejilla.

—¿Sabés qué es lo peor? —dice mientras se frota las yemas contra el pelo.

—¿Qué? —pregunta Alejandra, aunque su marido me hablaba a mí.

—Que al final el viejo de esta tenía razón. El otro día fuimos a cenar y el tipo decía que estos negros son irrecuperables. ¡Y yo para qué mierda le discutía! ¡Tiene razón! ¿Qué vas a hacer? ¿Los vas a reformar? Está lleno, por todos lados: pendejos drogones, borrachos. Te matan por dos pesos.

—Por ahí si fuera por más guita tendría sentido. —Y sonrío.

La piba me mira, cree que hablo en chiste y sopesa si debe reírse o no.

—Daniel, no me jodas, ¿me vas a decir que se puede vivir así? ¿Sabés cuánto me va a costar un auto nuevo? Negros de mierda. ¡Negros de mierda! —repite y golpea la mesa con una mano cerrada—. Tu viejo tiene razón, Ale, mirá, habría que matarlos a todos.

—Un verdadero cristiano con todas las letras, ese señor.

—Dale, boludo, ¿qué querés que haga? ¡Si es verdad! Ya no se puede andar por ningún lado, no se puede caminar por la calle, no se puede cruzar una plaza de noche, nada. Andá a un cajero a sacar guita a la noche. Ya está, ya está, ¡no se puede salir a ningún lado!

—Bueno, Ferchu, no te pongas así... —dice Alejandra mientras le acaricia el cuello con su mano regordeta. Después me mira a mí y agrega: —Yo creo que el problema es un problema de educación.

—Estas generaciones ya están —arremete Fernando—, qué educación ni educación. Que eduquen de acá para adelante, pero estos negros de mierda van a ser negros de mierda toda la vida. No entienden otra cosa que un tiro en la cabeza.

—También es verdad que tendría que haber más policía — acota Alejandra, pensando que por ahí la pega.

—Tienen que sacarlos a todos, que los manden a poblar el sur, que dicen que falta gente. Ja. Pobre Patagonia. Tendrían que estar todos en cana, y te digo la verdad, si vamos a ser sinceros, y sí, viejo, tendrían que juntarlos a todos en la cancha de Boca y que se maten entre ellos.

—¿Por qué la cancha de Boca?

—Es una forma de decir, Ale.

Okey: vamos a jugar este juego. Es hora de pintar mi mejor versión marxista.

—Por ahí el problema no es tanto de ellos. Por ahí el problema somos nosotros.

Fernando me mira conteniendo una respuesta hostil. Por supuesto que todo lo que digo a continuación es por irritar a mi anfitrión más que por convicción ideológica.

—Yo a ellos no les hice nada.

—Todos les hicimos y les hacemos, todos los días. Elegimos un sistema, se crea marginalidad, ahí la tenés. Todos los días nosotros les robamos una buena tajada a ellos, y después nos quejamos porque nos afanan una migaja a nosotros.

—No entiendo. Si nosotros no le robamos a nadie —Alejandra vacila.

—Hace rato estaban hablando de cambiar el auto, ¿no?

—Sí, pero… eso es con nuestra plata… nosotros ahorramos lo que podemos, por eso Fer todavía no pudo cambiarlo, pero…

—¿Y vos no sabés que hay gente muriéndose de hambre todos los días?

Alejandra está cada vez más perdida. Fernando sabe a lo que apunto y prefiere callar.

—Sí, sí, pero nosotros no les hacemos nada a ellos, eso es culpa del gobierno en todo caso, de la corrupción…

—Y mientras tanto, mientras se mueren cientos de bebés de la edad de Axel todos los días, vos pensás en cambiar el auto. Ese es el orden de prioridades que tenemos, Alejandra querida. Cambiar el auto, ahorrar en dólares, tener más ropa, buena ropa. Ir al shopping y no tener que pensar cada gastito, pasar la tarjeta y listo. ¿O no?

—Pero es mi plata. Nuestra plata —dice Alejandra, con la voz cada vez más angustiada.

—¿Y vos te creés que ellos no tienen plata porque no quieren? A vos nunca te faltó nada. A Fernando tampoco. Siempre tuvieron todo.

—No todo —dice Fernando sin levantar la vista.

—Bueno, no todo, pero nunca les faltó nada esencial. Tuvieron techo, comida, tiempo para boludear, para salir, para joder, para pensar qué mierda querían estudiar.

—Hay escuelas públicas y gratuitas, Daniel. Vos lo sabés. —Fernando no lo puede evitar y pica en el anzuelo. Cómo me gusta saber presionar los botones de la gente. Puedo seguir tirando reveses toda la noche.

—Sí, andá a la Villa, buscá debajo del techo de chapa y decile a la minita que tiene que ver cómo hace para darle de comer al día siguiente a seis hijos que hay escuelas públicas y gratuitas.

—Pero, ¿y los planes sociales...? —dice Alejandra, sin convicción, casi apagada.

—Mirá, Daniel, no estoy justo hoy para pensar en el problema social de los marginados, ¿viste? —Fernando escupe fuego por la boca—. Lamento mucho que no tengan igualdad de oportunidades. Pero no es mi culpa. Si yo no cambio el auto, no van a vivir mejor.

—Si todos nosotros dejáramos de pensar en cambiar el auto, por ahí habría menos marginados. Y menos chorros.

—¿Y vos hacés eso? Disculpame, pero nunca te vi a vos repartiendo tu platita en la villa, eh.

—Che, Fer, pará, mi amor, tranquilo... —intenta calmarlo la gorda.

—Yo no dije que yo sea mejor que vos. Todos somos la misma mierda.

—No, sí, claro, es que un poco de razón tiene —dice Alejandra, que sigue con su intento conciliatorio—. Pasa que entendelo a él también, lo que nos acaba de pasar... él mañana necesita el auto para ir a trabajar... ahora va a tener que ir y volver en taxi.

Asiento con una sonrisa comprensiva.

—Bueno, voy al baño y ya me voy yendo —digo, harto de los dos.

—Un barrio privado, Danielito.

Lo miro mientras me incorporo. Alejandra también.

—¿Por qué no me hacés un barrio privado? Dale, arquitecto. Hacelo con murallas bien altas, y bien gruesas. Y le ponemos alambre electrificado, así los grones se queman el culo queriendo pasarlo.

—¡Ay, Fernando! —se queja Alejandra. Yo callo.

—Ahí me voy a ir a vivir. Y te voy a encargar a vos que me lo hagas. Con lo que te pague podés ir y donarlo a los negros si querés.

Lo miro a los ojos, y en ese momento, juro, no tengo idea de lo que voy a hacer a continuación... porque eso recién se me va a ocurrir cuando, camino al baño, pase por la puerta de la pieza de Axel y lo vea durmiendo en la cuna.

—Basta, Fernando, cortála —dice Alejandra, más firme.

Axel duerme, duerme tranquilo, inocente de toda la disputa. Ni los gritos de papá ni los *negros de mierda* han logrado perturbarlo. Los bebés son un mundo aparte. A veces despiertan con un susurro, otras, ni una bomba en el edificio de al lado los sacude.

Supongo que debe sentirse contenido. Sereno.

Cuando me aparezco de vuelta en el comedor con el bebé en brazos, Fernando y Alejandra cruzan una mirada. El bebé bosteza, pero no hace más ruido que el chasquido de su lengua al despegarse del paladar.

—Daniel… ¿qué hacés? —me pregunta Alejandra, que no puede decodificar el cuadro.

—Estoy acá, con Axel. Que calladito que es… No llora, no chilla… ¿Cuántos meses tiene?

—Ocho —dice Alejandra, y parece hablar desde muy lejos, como si fuera el eco lo que llega, y no la voz.

—Ocho meses, Axel. Tan tranquilito para dormir. Se nota que duerme seguro, que sabe que está cuidado. Que papá no va a dejar que ningún negro de mierda se le acerque, ¿no? ¿No, Axel?

El bebé estira un brazo. Abre y cierra la manito en dirección a su mamá.

Fernando comienza a levantarse, lentamente.

—Eh, eh, eh, eh. Cuidado ahí, no vaya a ser que me ponga nervioso y se me caiga tan hermoso bebé.

Alejandra asiente, atónita.

Fernando se queda quieto por un momento. Después, tal vez creyendo que no me doy cuenta, empieza a moverse con cuidado.

—Daniel… déjate de boludeces… somos gente grande…

—Somos gente grande, dice papá. Pero papá se porta mal, Axel. A veces olvida que es grande y se porta como un nene caprichoso. Por eso le hace cosas feas a mamá en la oficina. Cosas feas con otras mamás.

Alejandra desvía la mirada por un momento y la clava en Fernando. Él le hace un gesto con una mano: *ahora no*.

—Papá la mandó a mamá a ponerse tetas porque decía que encima de ser petisa y gorda, era chata y narigona. Hace tiempo que quiere pedirle que se opere la nariz, pero está esperando un poco, ¿sabés? Porque no quiere que mamá se dé cuenta de que tiene que pensar en otras mamás para que se le pare el pitito.

En ese momento Fernando se abalanza por el costado de la mesa cubriendo los pocos metros que lo separan de éste humilde servidor. Pero soy más rápido. No me hace falta correrme, ni mirarlo siquiera, solo levanto en alto un brazo sosteniendo al bebé por el torso. Fernando, que ya está sobre mí, evita el impacto para que no se caiga Axel.

—¡Fernando! ¡Ay, Daniel, por Dios! —grita la hija de Dumbo.

—Bueno, me doy por satisfecho. Acá tenés a Axel. Entre nosotros, que nombre de chupapijas le pusieron, eh.

Bajo a Axel cuidadosamente y se lo entrego al padre, que lo toma en brazos, y luego, sin soltarlo, toma envión y me chanta una trompada en la jeta. Me tropiezo y caigo sobre mi espalda al piso. Fernando le deja el bebé a Alejandra y se acerca a toda velocidad. Me pega una patada en el torso y después me levanta del cuello de la camisa con ambas manos. Tengo por lo menos un labio partido y estoy chorreando de rojo carmesí toda la ropa que me rodea. Pienso que si tuviera un arma, podría volarle la cabeza ahí mismo. Nota mental: comprar una pistola de una puta vez.

—Andate o te parto la cabeza, enfermo mental. —Fernando está morado de la furia. Tiene los ojos desorbitados. Espera que me incorpore y salga, pero su cara de descontrol es patética. Un yuppie en estado de emoción violenta. Empiezo a reírme y escupo sangre con la carcajada.

Entonces Fernando vuelve a pegarme, una, dos veces más. No recuerdo. Solo recuerdo no poder parar de reír.

Me pasé los dos días siguientes en cama, sin poder moverme del dolor y el entumecimiento. Es cuando finalmente me recupero que voy y me siento frente a Bobo para marcar el día de la primavera. Porque fue en ese momento cuando comprendí que en cuatro semanas iba a matarme.

19

Hoy me levanté sin fuerzas. Pensé en desayunar, pero no tengo ganas de emprender el proceso: encender la hornalla, poner agua en la pava, buscar el saquito de té, poner azúcar, esperar el hervor, buscar unas galletas en la lata, abrir el paquete, separar cuatro, cinco, volver a guardarlo cuidando que no se humedezca, seguir esperando el hervor, sacar la pava, servir el agua hirviendo en la taza, esperar que el saquito de té vaya tiñendo el interior, retirar el saquito, llevarlo hasta el tacho de basura, cuidar que no gotee en el camino, volver, revolver, levantar la taza y llevarla a la mesa junto a las galletas.

También tengo ganas de mear pero el baño queda a unos cinco metros por el pasillo. Hoy, es un mundo de distancia.

Siempre empiezo la mañana con música. Hoy no soporto ni la más suave melodía. El silencio es blanco, triste, apagado, solemne, muy de viernes, pero no puedo soportar una nota, un sonido, un estímulo, por mínimo que sea, que rompa este momento adiestrado de inercia.

Bobo se subió a la cama cuando estaba durmiendo. Se hizo un ovillo a los pies. Normalmente lo empujo con un pie para que se baje, pero hoy se aprovecha de mi desgano.

Sé que lo llamarán depresión. Ellos, los que clasifican.

18

Hoy ya estoy mejor. Mucho tiene que ver que haya aparecido en mi vida Josefina. Josefina es, podríamos decir, la viuda de Juanjo. Sí, Josefina es una cucaracha de cuatro centímetros que apareció en mi aparador, sola, en el mismo lugar que Juanjo hace ya unas semanas.

Josefina parece confundida. Me tienta pensar que busca a

su macho, que tiene sentimientos por él, que desespera ante la angustia de haberlo perdido para siempre. Pero probablemente solo apareció ahí porque se extravió del mismo modo que antes lo hizo Juanjo. Igualmente, procedo a alimentarla y después la dejo haciendo sus cosas de cucaracha.

Últimamente, el calendario pasa más rápido. A veces desaparezco por dos o tres horas. Sí, desaparezco. Duermo, despierto sin luz de día, con la casa en penumbras, vuelvo a dormirme, por cinco o seis horas. Me levanto cansado y como algo, y después vuelvo a dormir otro tanto.

No creo que se deba al aneurisma. Los médicos, que parece que se excitaran cuando se ponen a describir los síntomas, me dijeron que podían pasarme una serie de cosas, pero ninguno me dijo que fuera a pasármela durmiendo.

No importa el por qué, en realidad, lo que importa es que tengo poco tiempo para hacer todo lo que tengo que hacer. Mañana domingo tengo que ir a buscar a Gervasio. Y el lunes, sin falta, poner el aviso en el periódico. No me queda tanto tiempo y se viene una semana de siembra.

17

Hoy vino Gervi. Le presenté a Josefina. Le da un poco de asquito, no es capaz de acariciarla como yo, pero al menos no mira como si fuera una casa de locos. Una *cosa* de locos quise decir. Bueno, las dos están bien.

Gervasio tiene catorce años. Es hijo único de mi hermano mayor, Mario, con el que hace cinco años que no nos hablamos. No sé bien por qué. Los dos nos sentamos en la cabecera de la mesa, nos gusta llevar la contra a todo, somos buenos anfitriones cuando estamos de buen humor, y podemos ser bastante jodidos cuando estamos cruzados. Y por eso mismo discutimos al punto de irnos a las manos o decir algo realmente cruel. Con Anita siempre íbamos a cenar los domingos por la noche a la casa de Mario y Ramona —sí, juro que la mujer, que tiene tres o cuatro años menos que yo, se llama Ramona; basta pensar en el nombre que le puso al pobre pibe cuando le nació para sacar conclusiones sobre su rencor al respecto—. Mario asaba. Cualquier cosa. Carne, salchichas, quesos, pescado, batatas, lo que le dieras. Te servía un plato bien abundante y después te decía las cosas justas para que te atragantaras.

No hay que tener pendejos. Lo decía incluso delante de Gervi, que es muy despierto y muy sensible, pero se calla todo. Cuando llegábamos con Anita, corría por el patio gritando *llegó el tío Danieeeeeel*, y extendía los brazos como si fuera un avión volando en semicírculos.

Mario siempre pensó que Gervasio le había cagado la vida. Una noche, cuando el pibe tenía apenas dos años, lo dijo en una cena. *¡Cómo te aseguraste un futuro vos, con ese hijito de puta!*, mientras señalaba hacia Ramona. *Tuve que dejar de ensayar, tuve que dejar el grupo de teatro, todo para venir a cambiarle los pañales al nene.* Mario era médico, pero siempre había querido ser actor. Continuamente se metía en proyectos *under*, nada serio, pero disfrutaba desplegando su vena histriónica. Mide casi un metro noventa, es grandote, tiene una voz grave que comanda respeto. Siempre creyó que el mundo debía enterarse.

A vos, Daniel. A vos en especial, te lo digo. Un pibe te va a cagar la vida.

Resultó que tenía razón, el muy hijo de puta.

—¿Cómo sabés que es la pareja de Juanjo? —me pregunta Gervi, mirando con ojos fascinados a Josefina, que se queda extrañamente quieta en la palma de mi mano.

—No sé, me gusta pensar que lo vino a buscar. Perdió a su cucaracho, viene a decirle que vuelva a hacerse cargo de sus cucarachitos.

Gervasio larga una carcajada. Siempre ríe de manera resonante, con todo el cuerpo. Mide metro setenta y recién cursa segundo año. Tiene una cara larguirucha, rasgos desacomodados. Lleva el pelo apenas crecido, y se deja un flequillo desprolijo en la frente que le hace cara de mamerto.

—Vení, vamos al living, a tomar una cerveza y charlar un

poco —le digo, y lo palmeo en el hombro. —¿Cómo anda tu viejo? —pregunto cerveza en mano.

—¿Para qué me preguntás si no te lo bancás, tío?

—No es así, Gervi, tu viejo es… complicado…

—Igual los dos son unos boludos, no sé para qué siguen peleados. Seguro que si se hablan, se amigan.

—La tengo a Josefina, che. Es una cuca muy demandante.

—Dale, tío…

—Bueno, vamos a lo importante. ¿Cómo sigue con los pibes del cole? ¿Mejoró la cosa?

—Y… mucho no. Este nombre de mierda que me puso mamá… Imaginate que estoy en segundo año y ya me cambié de colegio una vez… Me parece que no fue una buena idea. Acá me joden igual que en el cole anterior con el nombre, y encima ahora soy *el nuevo*.

—Te dije, Gervi. Te dije que te iba a pasar eso.

—Ya sé, tío. Igual…

Lo veo bajar la mirada. Ya sé lo que va a decir, pero le pregunto para darle el pie.

—¿Igual…?

—Hay una chica…

—Ah, ah, ah, ah… ¿Cómo es eso, a ver?

—Nada, una chica, tío. Ya sabés…

—Te gusta.

—Y, un poco.

—¿Cómo se llama?

—Paula.

—Paulita…

—Paula, se llama, tío.

—Bueno, che. ¿Y qué vas a hacer?

—Nada, qué voy a hacer.

—¿Cómo nada, nene? ¿Te gusta la chica o no?

—Sí, pero no sé si escuchaste la parte en que todos los pibes del curso me joden por mi nombre y con que soy nuevo y… —De repente Gervi calla.

—Y…

—Nada, me dicen que parezco un emo.

—¿Qué es un emo?

—Mejor ni te cuento, tío.

—Bueno, Gervi, si vos no vas a hacer nada, definitivamente sos un emo.

—¡Comela, tío, si vos ni sabés lo que es!

De repente me doy cuenta de que algo tan obvio se me había pasado por alto todo este tiempo.

—¿Te fajan?

—No, pero hasta ahí nomás... Está Lucas, que... Es re una mierda el secundario.

Lo miro en silencio. Siempre nos comunicamos bien con la mirada, el pibe y yo.

—Bueno, vení, vamos a mi estudio.

Dejamos las cervezas en la mesada, volvemos a ver cómo está Josefina y después subimos al estudio.

—¿Le hablaste alguna vez?

—Sí, la tengo en matemáticas.

—¿Cómo que la *tenés* en matemáticas?

—Ah, es que la profesora nos pone en parejas, uno de los que mejor anda con uno de los peores... y a mí me va muy bien en matemáticas.

—Bien ahí, pibe. ¿Y ella es medio corta?

—¿Si es bajita?

—No, boludo, si es medio corta de acá —le digo señalándome la cabeza.

—No, ¿qué decís?

—Bueno, che, te preguntaba nomás. ¿Y está linda?

—Sí, obvio, ¿no? ¡Si me va a gustar por fea, tío!

—Estás muy susceptible, che... ¿no te me estarás poniendo medio emo?

Gervi me mira y sacude la cabeza poniendo los ojos en blanco. Termina riéndose, a regañadientes.

—El 22 hay examen de matemáticas. Yo venía pensando que por ahí le puedo decir de juntarnos a estudiar alguna tarde. Pasa que decirle que venga a casa... ya viste cómo es papá...

—Sí, un peligro. No, a ver si tiene un mal día y te la espanta. Pero la podés traer a estudiar acá.

—¿En serio?

—Claro, nene. ¿Para qué soy tu tío?

—Uy, eso por ahí puede estar bueno.

—Me avisás, yo te dejo las llaves, me rajo y listo. Mirá si te la terminás volteando acá y todo.

De repente la cara de Gervasio estalla en un color morado.

—Seguís sin ponerla vos, ¿no?

No hay respuesta.

—Hay que ocuparse de eso, che. Con razón estás tan flaco.

Del primer cajón saco lo que buscaba y lo despierto de su ensueño. Le entrego la Glock.

—A ver... bueno, acá, mirá esto.

—¿Tenés un revólver, tío? —exclama Gervasio, con iguales dosis de temor y de fascinación.

—Agarrala.

—Ni en pedo.

—Dale, boludón, no te hace nada, no muerde. Ni siquiera es de verdad.

Se la paso y Gervi, que en realidad se moría por tenerla en sus manos, la deja reposar sobre su palma como si fuera una reliquia.

—No pesa tanto...

—¿Viste? Igual es de aire comprimido nomás.

—Si te entran a robar entonces, ¿para qué te sirve?

—No me la compré por miedo a que me roben.

—¿Y por qué te la compraste?

—Estoy en una etapa en la que me gustan las armas. Las armas y las cucarachas. Escuchá: Si esta trabita está acá —digo, señalando la posición del seguro—, no tenés de qué preocuparte: no dispara.

Quito el seguro y levanto la pistola. Ahora comanda más respeto.

—¿Cómo me dijiste que se llama el pibe del grupito ese que te jode?

—¿Eh?

—En el colegio, Gervi. ¿Cómo se llama?

—Lucas…

—¿No te da curiosidad saber qué cara pondría Lucas si le ponés una de estas contra la panza?

Gervi asiente, un poco perplejo.

—Llevatelá. Pero en una semana me la traés de vuelta.

—¿Por qué una semana?

—Porque después tengo que usarla yo, pibe.

—¿Vos también tenés un Lucas, tío?

—El mundo está lleno de Lucas, Gervi.

16

Hoy lunes me levanté, saludé a Josefina y a Bobo (en ese orden), tomé un café sin azúcar y salí a comprar el diario. Después puse el aviso en *Clarín* y *La Nación*. Dice: «Arquitecto renomb. busca asist. p/ tra. grales; excluyente: estud. mujer, 20-24 años. Enviar CV c/foto a: arq_danielplano@gmail.com».

Supuse que por la tarde comenzarían a llegar los mails así que salí a caminar un poco y terminé al mediodía en un McDonald's hasta las pelotas de gente. Juro que todo lo que ocurrió a continuación no estaba en mis planes.

—Amigo, ¿tenés una moneda? —me dice el nene. Debe tener once años como mucho, pero tiene la mirada afilada. Pelo negro, mal cortado, cachetes un poco sucios, ojos oscuros, de niño todavía. Otros, a su edad, ya tienen ojos de águila: miran fijo y son inconmovibles. Los ves día a día caminando por Lavalle y 9 de Julio, buscando turistas. Cuando divisan un collar, una alhaja, una billetera, se lanzan en picada, toman de un picotazo lo que consideran suyo y luego levantan vuelo nuevamente, alejándose a toda velocidad. Pero este chico no. Sus rasgos todavía no están rígidos ni tallados en profundidad.

—No, perdoname, pibe —le respondo automáticamente y vuelvo a la lectura del diario. El nene repite el ritual en la mesa siguiente, luego en la otra. Nadie le deja un cobre.

Reviso el bolsillo del abrigo negro que llevo puesto y sí, en efecto, tengo algo de cambio. Levanto la mano como quien llama a un mozo.

El pibe acepta las monedas y sigue su itinerario por el salón. Estamos en el segundo piso, abajo generalmente ni pueden llegar a pedir porque los monos de seguridad los echan apenas los ven. Acá, en cambio, nadie se digna siquiera a mirarlo. Mesa tras mesa, señores que leen diarios —como yo— le prestan indiferencia y el nene enfila para la escalera. Solamente tiene los ocho con cincuenta que le junté. Vuelvo a llamarlo.

—¿Cómo te llamás?

—Memo.

—¿Te llamás Memo? —digo, incrédulo.

—Me dicen los pibes. En casa también.

¿Qué carajo le pasa a la gente adulta que anda poniendo estos nombres, Dios misericordioso?

—Bueno, Memo, escuchame… ¿cuánto juntaste en lo que va del día?

Memo revisa sus bolsillos, saca las monedas y cuenta.

—Quince pé… con… setenta y cinco.

Está tiernito. Le falta calle todavía.

—Vení, vamos a hacer otra ronda, le digo.

—Disculpe, buen hombre, ¿podría dejar por un momento de lado su diario conservador y su sabrosísima hamburguesa con tomate, mayonesa y lechuga, y mirar a Memo? Es un minuto nomás.

El tipo, que debe andar entre cincuenta y sesenta, lleva un traje formal un poco gastado, usa anteojos redondos y un bigote entrecano como su cabello. Baja el diario y nos mira, a Memo y a mí.

—Ahí está, muchas gracias, señor. Le presento a mi amigo, Memo. ¿Cómo se llama usted, seré curioso?

—¿Cómo me llamo yo? —repite el tipo, incrédulo.

—Sí. Su nombre. Con su nombre de pila basta. Por ejemplo,

si usted me lo preguntara a mí, yo le diría, Daniel, señor, mi nombre es Daniel, un gusto. Pero soy yo el que le pregunta a usted. Yo y Memo, claro.

El tipo duda, mira su portafolio a un costado, leo en sus ojos que tiene miedo de que le vayamos a robar. Se debate entre levantarse y buscar al de seguridad, pero al final resopla y contesta.

—Adolfo.

—¡Adolfo! Nombre con historia, si los hay. Bueno, no importa, Adolfito. Te presento a Memo: Memo, Adolfito, Adolfito, Memo.

—No me llamo Adolfito, me llamo Adolfo —dice el tipo, que no estrecha la mano que el pibe le extiende.

—Perfectamente asentado, señor Adolfo. Bien, acá, con Memo, andamos buscando alguna colaboración. Vea, a diferencia de usted, que puede comer en su casa, en un kiosco, en una plaza o en un local, Memo es pobre. Quiero decir que no tiene plata, pero nada nada, eh, y justamente por eso mismo, tampoco tiene tarjetas ni le dan un crédito…

—No está en edad de trabajar como para que le den un crédito —contesta Adolfito.

—No, es verdad, señor, tiene toda la razón. Toda. Pasa que como están las cosas, Memo ni siquiera va a llegar a tener edad de trabajar. Y como le vemos a usted cara de buenoide le venimos a pedir una caritativa colaboración. Unas monedas, o incluso un billetito, si nos hace la gracia. No se asuste, no le vamos a hacer nada. Yo soy creyente, ¿usted?

—Católico.

—Claro, por supuesto. ¿Memo, vos sos creyente?

—Yo no… creo que no… —dice Memo, un poco confundido.

—Y sí, si hay un Dios en este mundo, no está pensando en vos, Memo. Pero nosotros, el señor y yo, somos creyentes, Memo. Creemos que hay un Dios allá arriba, en el cielo, que nos cuida y que nos va a dar una vida mejor después de la muerte.

—¿Una…?

—No interrumpas ahora, Memo. Te decía, nosotros creemos que hay un Dios, y Dios todo lo ve y todo lo sabe, Memo, ¿no es cierto, Adolfito?

—Adolfo.

—Eso. Y si Dios todo lo sabe, todo lo ve, si Dios está en todas partes, entonces quiere decir que siempre estamos siendo juzgados. Así que, señor mío, ya sabe… —digo y señalo con un dedo hacia el techo.

Adolfo resopla y revisa el bolsillo interno de su saco. Algo tintinea y de repente aparecen sobre una esquina de la bandeja dos monedas de dos pesos y una de cincuenta centavos.

—Ahí tenés, nene.

Adolfo ya planea desentenderse del tema: comienza a levantar el diario, pero lo detengo con mi mano como si fuera un pisapapeles.

—Adolfo… ¿cuatro con cincuenta?

—¿Qué pasa? Es lo que tengo, ¿qué…?

—Memo, ¿para qué te alcanza con cuatro cincuenta? ¿Te podés comprar una hamburguesa con lechuga, tomate y mayonesa, rica-rica-rica como la del señor Adolfo?

—No…

—¿Te alcanza por lo menos para comprarte un sanguche en un kiosco?

—No...

—Memo… ¿por lo menos te alcanzará para comprarte un alfajor berretongo…?

—Y… no.

Dejo de mirar a Memo y le sonrío a Adolfo.

—No. No le alcanza ni para el alfajor berretongo. Imaginate, Adolfo.

—Bueno, es lo que tengo.

—En monedas. Hagamos un veinte pesos y todos contentos.

Adolfo se me queda mirando.

—Veinte pesos, Adolfo. ¿Me vas a decir que te cambian la vida veinte pesos? Dale al pibe el billetito, hacé tu buena acción del día. ¿Vos creés en el Karma?

—¿El qué?

—El Karma, Adolfito: que si hacés cosas buenas, te van a

pasar cosas buenas.

—No, que Karma ni Karma. Creo en mi derecho a comer tranquilo sin que me vengan a molestar. En eso creo.

—Ah, yo también creo en eso, te felicito, Adolfo. Memo no sabe si cree en eso o no porque no estudia, así que es brutito. Aunque por ahí en un tiempo se tenga que hacer romper el culo para poder comer una hamburguesa como la que vos te pediste.

—¿Y yo qué culpa tengo?

—Si querés, Adolfito, me siento con Memo acá, y te explico qué culpa tenés. Me lleva media horita como mucho. Vos elegís.

—¡Esto es increíble... es un robo!

—Adolfín, esto no es un robo. Esto es una charla entre caballeros... bueno, entre dos caballeros y un negrito. Pero si querés saber lo que es un robo, no te preocupes que Memo conoce a varios pibes que te pueden sacar de la duda.

Cuando salimos del McDonald's, Memo tiene treinta y cinco pesos con cincuenta centavos. Es todo lo que pudimos juntar antes de que nos echaran del local, pero Memo está contento. Tal vez cree que su suerte cambió, que encontró un amigo, un protector. Y es por eso que cuando le hablo después de caminar un par de cuadras y meternos en una calle poco transitada, se queda estupefacto.

—Memo, en el bolsillo del pantalón tengo mi billetera. Te pido que me dejes los documentos.

—¿Eh...?

—Llevate todo lo que quieras, dejame los documentos. Por favor.

—No entiendo, señor.

—Que me robes, Memo. Que me robes.

Ahí está, primer llamado de la tarde. Vanesa tiene veintiún años y está cursando tercero en la Facultad de Arquitectura. Hay que reconocerle la valentía, el arrojo. El suyo fue uno de los tres mails que respondí antes de ir al McDonald's. Tres chicas, una de ellas de veintisiete: descalificada automáticamente. ¿Por qué esa puta costumbre de cagarse en lo que te dicen? El aviso dice entre veinte y veinticuatro. A ver, veintisiete: no computa, ¿tan difícil de entender es? Le contesté que en este estudio considerábamos que a su edad ya estaba grande para entrar en una pasantía. Sutil, pero merecido por retrasada e impertinente. Ahora se debe estar preguntando en qué falló.

De las otras dos, una se llamaba Ana. Sí. Ana. Como Anita. Por supuesto, quedó descalificada en el mismo momento en que supe su nombre. Vanesa, en cambio, parece discretamente interesante y sugiere un escote pulposo. Es como el chiste ese que dice que un tipo millonario tiene que elegir esposa y tiene tres candidatas. Bueno, no me acuerdo si es exactamente así, pero el sentido es ese. El tipo, el millonario, les da diez lucas verdes a cada una y les dice que vuelvan en un mes. Al mes, las tres mujeres están de vuelta y el tipo entonces les pregunta qué hicieron con el dinero. La primera dice: *me lo gasté todo en ropa, para estar más linda y más sexy para vos*. La segunda dice: *yo me gasté toda la plata en regalos: un Rolex, tres corbatas de seda, una lapicera de oro, todo para que te veas como un rey*. La tercera dice: *yo, en cambio, puse la plata en mesas de dinero, me asesoré con gente de confianza que me dijo dónde invertir, cuándo comprar y cuándo vender, y tripliqué la plata, así que acá te traigo 30 000 dólares*. Entonces llega la pregunta: *¿Con cuál de las tres se queda el tipo?* Todo hijo de capitalista piensa que la respuesta lógica es la tercera, aunque intentan encontrar el truco y se juegan por alguna de las otras dos. Bien, ¿con quién se queda el millonario? *Con la que tiene las tetas más grandes, por supuesto*. Y ahí está la esencia de todo, de todo-todo. Siempre la que queda es la que tiene las tetas más grandes. Entre las que escribieron por el aviso, esa es Vanesa. Quedamos que viene el miércoles para una entrevista.

¿Suena creíble si digo que me encariñé con el pibe cuando vi la sorpresa en su cara? Si suena creíble, sos un ingenuo. A esta altura deberías saber quién te habla. Al final, contarte a vos y a Bobo es lo mismo.

—Meté la mano en mi bolsillo, sacá la billetera, dejame los

documentos y llevate la guita. —Y quién se iba a imaginar... los ojos se le pusieron vidriosos.

—Dale, nene, ¡despertate! —Y le tuve que meter un sopapo de costado, no muy fuerte, pero lo suficiente como para que saliera de ese estado vegetativo. No levantó la vista, pero llevó su mano temblorosa a mi bolsillo, sacó la billetera, separó cuidadosamente el documento, lo devolvió, contó dos billetes de cien y tres de diez y volvió a guardar la billetera.

—Bien, pibe, estás aprendiendo. No te conformes con la limosna de nadie. Ni la de ellos ni la mía. Si aceptás la moneda, si te quedás con eso, estás aceptando las reglas del juego.

Señalé alrededor con una mano abierta.

—Vos probablemente no vivas más allá de los treinta. Tenés una vida de mierda, no hace falta que me cuentes. ¿Y por qué te vas a aguantar eso? ¿Qué vas a hacer? ¿Vas a matarte estudiando en una escuela pública, vas a ir a trabajar de canillita, o vas a ser un forro de esos que te ofrece el *sundae* en el McDonald's? ¿Vas a ir a limpiar baños donde los tipos como yo mean sin levantar la tabla porque les da asco tocarla?

Callé para darle lugar a Memo, que tímidamente asintió.

—¿Y qué hago?

—Eso se aprende fácil, Memo. Rompé tu parte del contrato: no aceptes la vida humilde del mendigo agradable y lastimero. Salí a matar o morir, Memo. Es lo único que te queda. No vas a durar mucho tiempo, pero el tiempo que dures lo vas a pasar mejor.

Memo y yo quedamos amigos. Le dejé mi tarjeta, con mi teléfono y dirección. Le pregunté si sabía cómo llegar y me dijo que sí. Le dije que me visitara el domingo, que teníamos que aprovechar nuestro encuentro. Me miró como esperando que le explicara, pero yo tampoco lo sé todavía. Solo sé que tengo una cantidad de cosas que hacer y amigos como Memo me van a venir bien.

15

Ya es de noche. Bobo duerme tirado en una esquina. Hoy tuvo un ataque de cariño, me anduvo encima todo el día y me miraba como pidiendo una caricia, con ese olor a perro húmedo que siempre tiene. Sí, parece que Bobo se estuviera pudriendo casi desde que nació.

La gran noticia del día es que nuestro amigo Andrés Casanova salió en el noticiero hablando de su nuevo libro, que va a estar presentando... el martes 21 de septiembre, en una librería en plena Avenida Santa Fe. Si esto no es una señal, ya no sé qué puede ser: yo planeando cómo dar con él y ¡Casanova presenta su nuevo libro con lugar y horario confirmados!

Andrés, como siempre todo correcto y más humilde que la humildad, dice que este último es su mejor libro, que logró despojarse de toda pretensión y *escribir desde el alma*. ¿Cómo se llama el libro? *Escrito desde el alma*.

¿Es posible? Dios mío, siempre creí que estabas allá arriba, incluso en los momentos más difíciles, pero esto... esto es un regalo de proporciones divinas.

Dios me pone a mi rival a mano, para que tenga mi propio acto de revelación, de revelación epifánica y bíblica, de apocalipsis dadaísta. Andresito, Andresito... ¿quién iba a decir que el significado último de mi vida ibas a dármelo vos?

14

Vanesa. Es ese tipo de chica que, de tan ingenua, cree estar de vuelta de todo a los veintiún años. Llegó puntualísima: pelo enrulado, castaño claro, ojos verdes desteñidos, naricita que enorgullece a una abuela, remera lila al cuerpo, jeans elastizados, ni nevado ni negro ni gris.

La hice pasar, subir al estudio, nos sentamos frente a frente, escritorio al medio y el tablero principal de mi lado. Había tenido la precaución de exponer los planos de un suntuoso edificio en el que tuve mano algunos años atrás.

Estaba nerviosa. Le ofrecí un vaso de agua. Se negó, se desdijo, dudó, aceptó.

—¿Son suyos? ¿Usted pinta? —arrancó, probablemente creyendo que me iba a sentir halagado porque notara el díptico de *El foso y los leones.*

Agua de por medio, nos metimos de lleno en el tema.

—Mirá, Vanesa, te quiero ser claro para que después no haya malentendidos, ¿sí?

—Sí, señor.

—Bien. Y no me digas señor. —Asintió, pero no registró el pedido—. Yo trabajo como parte de la cabecera de un estudio chico pero importante. Tomamos trabajos importantes, eso quiero decir. Estos planos que ves acá, son de un edificio de catorce pisos a construir en Puerto Madero. ¿Te das cuenta?

La pobrecita se quedó dura y apenas susurró un sí incapaz de convencer a nadie.

—Bueno, nosotros, yo y mis tres socios, manejamos todos los proyectos. Cada uno tiene sus asistentes, porque no nos gusta meter gente al pedo. Bueno, vos sabés cómo es esto.

—Sí...

—Y lo que yo necesito es una mano derecha, Vanesa. Alguien para ir formando desde ahora, que sea el día de mañana mi asistente, a quien le pueda delegar los laburos que entran. Por supuesto, no te estoy queriendo decir que no te vaya a pagar mientras tanto, nosotros no creemos en las pasantías, creemos que un sueldo dignifica el trabajo, y por eso te voy a ofrecer un sueldo justo. Pero primero necesito saber si estás dispuesta a aprender.

—Sí.

—Y si estás dispuesta a hacer lo que sea necesario.

—Sí.

—¿Entendés lo que eso quiere decir, Vanesa, lo que sea necesario?

Vanesa se tomó un momento. Después bajó la mirada con algo de vergüenza.

—No, señor.

—No me digas señor, Vanesa. Lo que sea necesario es lo que sea necesario. Si hay que alcanzarle los planos a otro socio, si hay que hacer papeleo y presentaciones en la municipalidad, si hay que ir a tomar medidas, si hay que dibujar o maquetar... ¿qué tal sos dibujando, Vanesa?

—Ah... bien... me arreglo bien.

—Perfecto. Hay días que no va a haber que hacer nada y no te voy a pedir que vengas. Hay días que no va a haber mucho para hacer y por ahí te pido que me hagas un café. ¿A vos te molesta tener que hacer un café llegado el caso, Vanesa?

—No, señ... No.

—Claro. Porque por ahí parece que estás haciendo un café, pero en realidad estás aprendiendo. Todo el tiempo que pases conmigo vas a estar aprendiendo.

—Sí. Me interesa...

—Claro, querés saber cuánto se te va a pagar —dije, sabiendo que la ponía en un aprieto. Empezó a negar con la cabeza, casi asustada—. ¿Conocés a muchos arquitectos a punto de recibirse que tengan trabajo?

—No, la verdad que no.

Dejé que corriera el silencio.

—Como la inflación en pesos cambia todo el tiempo, vamos a establecer un sueldo en dólares, así no tenemos que andar ajustando cada dos por tres. Acordate de que es solo por ahora. Vamos a ver cómo rendís y por ahí ya el año que viene podemos pagarte un poco más.

—Está bien —dijo, y ya estaba dispuesta a aceptar lo que fuera a decirle. Había comprado, la tenía con el anzuelo en la boca, y estaba ansiosa por salir corriendo a contar la oportunidad que había conseguido.

—El sueldo, Vanesa, durante el primer año, bueno, de acá a fin de año por lo menos, sería de unos 1200 dólares mensuales. En mano.

Vanesa luchaba por ocultar su felicidad. No la dejé hablar.

—Ya sé, no es mucho, pero es algo como para empezar. No te preocupes: si vos rendís bien, a todos nos va a ir bien. Hoy, igual, es más que nada conocernos. Te voy a pedir que vengas el viernes. Eso sí, el viernes tendría que ser por la mañana, ¿podés?

—Tengo facultad... pero... puedo faltar.

—Sí, es por esta vez. A la tarde viene mi sobrino, y quiero estar libre.

—Ah, ¿tiene sobrinos? —me dijo con una sonrisa que impostaba afecto por los niños.

—Sí, te lo acabo de decir, Vanesa —respondí, y antes de llevar la tensión demasiado lejos me reí y le resté importancia con la mano—. Bueno, ¿tomás café, Vanesa?

—Sí. Sí, gracias.

—¿Café o té?

—No, café está bien, gracias.

—Bueno, andá a la cocina y hacete dos cafés. El mío solo, con dos de azúcar, taza mediana. El tuyo hacételo como quieras.

Se me quedó mirando, sin terminar de saber si era una broma.

—Dale, que tengo que hacer unas llamadas. ¡Ah! Y cuidado con Josefina, no la vayas a pisar o lastimar.

—¿Josefina? ¿Tiene una tortuga?

Nunca voy a entender por qué, de todas las posibles mascotas, supuso que se trataba de una tortuga.

—No, Vanesa, tengo una cucaracha. Metele con los cafés.

13

El alcohol ayuda. Y poner *All Things Must Pass*.

Pasan las canciones y los recuerdos flotan libres sobre mi whisky sin hielo. La rabia siempre estuvo en el medio. Desde aquella tarde con mi viejo, marcando mi vida, cada momento crucial. La rabia, como este aneurisma que le pone un tiempo máximo a mi cabeza. La rabia, como cuando conocí a Anita, en aquella exposición. Una tela de 2 x 2 metros que se alzaba majestuosa sobre la pared del fondo del salón. Estaba situado de tal modo que saliendo de la sala todavía se podía cruzar la calle y verla. Pintado en dimensiones desbordantes, un rostro atravesado de naranjas, amarillos, verdes y rojos, queriendo romper violentamente los límites del bastidor. La expresión, no dibujada, sino compuesta por la suma de colores y los contornos sugeridos, se revolvía entre la enajenación y la crueldad, tal vez la desesperación. La plaqueta en la pared, en dorado imitación, indicaba: «PERRO MALO. Acrílico.»

Nos presentaron: *es la esposa de un amigo*, me dijo Gustavo, que era un viejo conocido con pretensiones de curador artístico. Cuando Gustavo se distrajo, volví al ataque:

—¿Estás pensando en comprarlo? —le dije.

—¿Qué precio tiene? —respondió Anita.

—No sé, ¿cuánto pagarías?

—Poco. Nada, en realidad. Tengo uno muy parecido en casa. —Dicho esto se dio vuelta con la gracia de una bailarina, me clavó la mirada en los ojos, sonrió y se alejó, perdiéndose entre la gente. Durante el resto de la velada, estuve atento a cruzármela en pasillos, o mirarla de reojo. Buscaba un argumento para volver a sacarle tema cuando ella se me acercó.

—¿Por qué le puso *Perro Malo* al pobre tipo?

—¿Quién le dijo a usted que es un pobre tipo?

—Tiene cara de pobre tipo.

—Algunos dicen que lo ven enajenado, violento.

—Es lo que digo: un pobre tipo.

No pude disimular la sonrisa estúpida.

La casa de Anita estaba a dos cuadras de Santa Fe y Coronel Díaz y tenía, por lo menos, dos habitaciones, un living casi tan grande como mi departamento de soltero, y un comedor rústico, que ella había transformado en su pequeño taller. Allí no solo pintaba: había por todos lados hojas blancas con collages a medio terminar y pilones de revistas recortadas, incluso en el piso. El resto de la casa tenía el orden que faltaba en el comedor.

—Acordate de que yo nunca tomé ni una clase particular.

—¿Te pusiste tímida de repente, Anita?

—Nunca dejé de serlo, Plano.

En ese momento ella se acercó a una serie de maderas apiladas sobre las que pintaba, la mayoría rectangulares y de medidas más caseras que mi *Perro Malo*. Quise jugarme una mano y sorprenderla.

—A mí tampoco me gusta pintar en tela.

—¿Y quién te dijo que a mí no me gusta pintar telas?

Resoplé. Odiaba que siempre tuviera una salida que yo no había previsto.

—Bueno. ¿Por qué pintás en madera?

—El departamento, la plata, no son mías. No me gusta gastar lo que no es mío. Yo sigo siendo proletaria.

Sacó el cuadro que habíamos ido a ver: una superficie de unos cuarenta centímetros de ancho y sesenta de alto, pintada también con acrílicos. Sin ser una gran obra, desprendía de su figura una tristeza amable. Se parecía al mío en los colores elegidos y en la ausencia de un boceto previo, pero transmitía una sensación muy diferente.

—¿Qué te parece?

—Me gusta. Es diferente. Yo no lo veo muy parecido.

—A vos no te gusta lo que pintás, ¿no?

La pregunta me tomó por sorpresa.

—¿Qué te hace pensar eso?

—Lo primero que hiciste después de decir que te gustaba mi cuadro fue diferenciarlo del tuyo.

Me quedé y me sentí en inferioridad de condiciones toda la velada. Evidentemente no tenía manera de hacerle frente con la retórica. Se la notaba leída y formada. Un rato después, café mediante —no habíamos salido del comedor y ya no saldríamos por muchas horas—, le pregunté por sus pintores preferidos.

—A mí me gusta la pintura. No tengo pintores preferidos.

Y dale. Yo, que había pensado una lista inteligente para referir, de repente me sentí como una *groupie* hablando de rock. A partir de ese momento preferimos el silencio —fue un acuerdo tácito— y nos quedamos sentados, saboreando esos estupendos cafés que ella siempre supo hacer, pasando los collages. En un momento me miró y sonrió. Nunca supe qué pensó entonces.

Cuando rompí esa callada complicidad, lo hice sin tomar

rehenes:

—¿A qué hora viene tu marido, Anita?

Ella no levantó la vista. Me contestó como si le hubiera preguntado si llovía.

—No viene, está de viaje.

Me quedé mirándola, sorprendido, lento para disimular.

—¿Te perturba estar a solas conmigo, Plano? ¿Le tenés fobia a las mujeres?

Hice un esfuerzo por no teñir sus palabras del tono de mi padre.

—Le tengo fobia a los maridos enojados, sobre todo si portan escopetas.

Anita estalló en una risa inimaginable apenas unos minutos atrás. Se levantó y rodeando la mesa se acercó a la estantería. Allí reposaba un equipo de música, hasta entonces apagado.

—¿Te gusta Harrison?

—¿Perdón?

—George Harrison, exBeatle, músico, Liverpool, flequillitos... ¿en tu barrio no tenían?

—Sí, sí, Harrison. Sí, me gusta.

Anita puso *All Things Must Pass*, disco que para siempre quedó abrojado a ese momento. Volvió a sentarse a mi lado.

—George era el único Beatle sincero.

—¿Ah, sí?

—Sí, Plano. El idealismo de Lennon era ya casi una parodia: *Quiero que me pongan junto a la palabra PAZ*, y esos berrinches. McCartney era una máquina tragamonedas. Y Ringo solo estaba para llevar el anillo en la película.

El disco empezó a sonar, con esas acústicas suaves, envolventes, y la melodía de guitarra que inmediatamente traslada a los años setenta, a un otoño inglés, al fin del *swinging London*, a los parques llenos de hippies y aquella época en la que todavía se creía que la paz y el amor eran la respuesta a todas las necesidades humanas. Pero el tiempo había ubicado las cosas en su lugar, y ya entonces, en los noventa, sabíamos que todo eso solo servía para vender remeras.

—Este disco me transporta —dijo Anita mientras cerraba los ojos y se hamacaba hacia los costados mansamente—. Mi marido y yo somos esposos nada más que en los papeles. Nos casamos porque había que casarse, porque a mi familia le caía bien él, a su familia le caía bien yo, y porque no teníamos conflictos. Habíamos sido novios desde los diecisiete, y ese era el paso lógico. Nos casamos porque no teníamos conflictos, es tremendo escucharme a mí misma decir eso.

Me encontré asintiendo cuando noté que ella seguía con los ojos cerrados.

—Estos viajes que hace él son por trabajo, es verdad, pero el trabajo es una linda excusa. Nos sirven para descomprimir.

—¿Y por qué no se separan entonces?

—Shhh… Dejame escuchar esta parte, Plano. —El disco había pasado al segundo tema y llegaba el puente de *My Sweet Lord*. Retomó: —Plano, ¿vos creés en el amor? Me refiero a ese amor cósmico, todopoderoso, el de las novelas, de las baladas, de las películas.

—Sí, supongo.

—¿En serio? Quién lo hubiera dicho.

—Me tenés por cínico.

—Te tengo por hombre de mundo. Pero tu inocencia tiene algo tierno también.

Y seguía moviéndose de un lado a otro. Con el tercer tema, que cambiaba clima por fuerza, ese vaivén se volvió un topeteo juguetón contra mi brazo derecho. Anita sonreía. En ese momento sentí el impulso y caminé sobre mi inspiración: cuando me topeteó por enésima vez pasé mi brazo por detrás de su espalda, la abracé contra mí, acerqué mi boca y la besé. El beso no detuvo el movimiento. Por el contrario, transformó un beso suave y respetuoso en otro más profundo y húmedo. Cuando separamos nuestras bocas ella puso sus palmas abiertas alrededor de mi cara, casi con un gesto maternal y me dijo, toda iluminada por la risa de sus ojos… algo que prefiero guardarme para mí.

Anita rezongó un poco cuando la desperté a eso de las ocho

de la mañana. Rezongó menos cuando le dije que tenía que irme, y menos todavía cuando le dije que había preparado el desayuno. Así que desayunamos juntos, café con leche y tostadas con manteca y mermelada de durazno, los dos cansados y ojerosos, en silencio. Cuando estaba por irme Anita puso su mano sobre la mesa. Estiré la mía y se encontraron entre tazas y platos.

—¿Vamos a volver a vernos, Plano?

—Sí, si vos querés... —dije sin estar seguro de dar con la respuesta correcta.

—¿Me dejás tu teléfono?

Todavía no era común el uso de celulares. Hoy pienso que todo podría haber sido diferente si hubieran existido los aparatitos estos a los que estamos atados día y noche.

Eso fue lo que la conquistó de mí, me dijo tiempo después, ya divorciada del insulso marido y parando en casa (para horror de sus padres): que fuera introvertido, algo inseguro, que creyera en cosas sin sentido, cosas insostenibles según ella (llámese amor para toda la vida, llámese Dios). El que se divertía como un chico era mi hermano mayor.

—Aprendiste, pibe, le sacaste el hueso a otro perro, te estás haciendo grande. ¿Está buena la minita? ¿Cuándo la vas a traer a un asado?

Y chocábamos cervezas mientras yo me preguntaba cómo en algún momento me había parecido una idea sensata contarle a Mario.

—¿Coge bien? Bueno, no te vas a meter en flor de quilombo con una mina casada si no coge bien, ¿no? Pero decime... ¿qué tal? ¿Te la chupa? ¿Sabe chuparla bien?

De repente tuve una imagen. Ahora, digo, mientras recordaba la charla con Mario. Me acordé cuando éramos chicos. Yo debía tener ocho o nueve años. En realidad, no sé bien, pero calculo esa edad. Papá tenía sus días irritables, se había quedado sin laburo y a veces se la agarraba con alguno de nosotros, pero más comúnmente conmigo porque yo era el débil, el que lloraba por nada. Una vez me corrió por toda la casa y siempre decía que cuanto más lo hiciéramos correr, peor iba a ser el castigo. Cuando me alcanzó, me puso una piña en el ojo. Mario se acercó más tarde y me dio un consejo: *El único lugar en el que no te puede alcanzar es debajo de la cama matrimonial. Si te tirás ahí abajo, el viejo no llega. Probalo y vas a ver.* Y tenía razón. Más de una tarde me zambullí debajo de la cama en la que él y mi vieja me habían concebido. Todo tiene que ver con todo, al final.

Por un tiempo nos tuvimos que ver a escondidas, mientras el proceso de divorcio se resolvía. Después... después nos pasamos el mejor año de nuestra relación. Y entonces le pedí casamiento. No sin razón me dijo que acababa de divorciarse.

—Vas a tener que insistir, Plano. En un año por ahí.

Así que le pedí casamiento al año siguiente. Y al otro. Y al otro. Hasta que finalmente me dijo la cuarta vez:

—No puedo creer estar reincidiendo en esto.

—Pero esta vez va a ser diferente.

Y reía. Siempre reía. De aquellos primeros años, casi no tengo recuerdos en los que Anita no esté riendo. Cuando quería, tenía la carcajada más resonante del mundo, al punto de que los vecinos nos miraban con complicidad cuando los cruzábamos en el ascensor o las escaleras.

Eventualmente ella quedó embarazada y sin saberlo, el día que me lo dijo plantó una semilla que no dejaría de crecer: la de mi distancia. Un hijo cambiaba todo. Abría una grieta, una hendidura por la cual yo sentía que podía caerme, licuarme, perder cohesión.

Y aun así, Martincito fue la persona que más quise en mi vida. Simplemente, no supe cómo quererlos a ambos a la vez.

12

A veces supongo que soy injusto conmigo mismo. Quiero llegar a una especie de verdad total, sin concesiones, y termino desdibujándome. Quise a Juanjo, como ahora la quiero a Josefina. Los quiero como un tipo quiere, no digo a su perro, pero sí a un pez o una tortuga. ¿Qué gracia hay en tener a un pez en una pecera, o a un bicho tan aburrido como una tortuga? Creo que una cucaracha es algo más comprensible, al fin y al cabo. Pero no. No quería hablar de Josefina. Quería hablar de Anita. Entre aquellos tiempos atolondrados del comienzo y el nacimiento de Martín vivimos muchos momentos especiales: charlas de café interminables, caminatas por los parques (tanto ella como yo amábamos cruzar plazas en otoño y sentarnos en algún banco en silencio), y sí, nos gustaban todos los clichés. Las luces del amanecer después de toda una noche agitada. Me gustaba verla cambiarse en el cuarto, delante de mí, mientras yo hacía como que leía el diario. Y también que supiera dejarme trabajar en mi estudio cuando tenía una entrega, sin ponerse irritante con reclamos. Que entendiera que en esos momentos el tiempo pasa sin que uno lo note, y tuviera el buen gusto de aparecer de tanto en tanto con una cena en bandeja, incluso alguna vez un desayuno.

No me engaño, sé que Anita era más de lo que yo me merecía. Y por un momento pensé que incluso podíamos llegar a ser una pareja sin fisuras. A veces pienso que si los forros no fallaran de tanto en tanto, aún hoy seríamos la pareja que fuimos (esto sin tomar en cuenta el detalle del aneurisma, claro). Pero es mentira. Para que ella fuera tan inalcanzable, yo tenía que mantenerme también pequeño. Ley de la compensación: no hay santo si no hay demonio, y el lugar que correspondía a cada uno estaba claro desde el comienzo.

Cuando nació, cuando me dejaron entrar a verlo, Anita lo tenía en brazos. Estaba transpirada, extenuada. Sonreía con los ojos entrecerrados y hasta ahí todo iba como era esperable. Quisiera aferrarme a esa primera imagen, pero no, la imagen no dura mucho, porque mis pies ya están en movimiento, ya me acercan a Anita y al bebé, y ella que con esfuerzo lo levanta y me lo pasa, y el bebé que no llora, contra todo pronóstico, no llora, y está despierto: sus ojos son dos agujeritos pardos, débiles y anonadados, y llega a mis brazos e intento acomodarlo, intento ser padre, es mi primer paso real, es el momento en que la *idea* de ser padre da paso a la *realidad* de ser padre, y cuando lo estoy sosteniendo, en ese momento... estornudo. Sobre el bebé, lo cual espanta a los padres de Anita, que están parados detrás de mí. Pero Anita no se preocupa. Yo la miro, creo que quiero pedir disculpas, como si hubiera hecho algo mal, y comprendo enseguida dos cosas: una, que Anita no me culpa de nada, y la otra, y esto me aterra, es que voy a volver a estornudar en un instante. Esta vez llego a dar vuelta la cara y cuando siento el espasmo, el bebé se sacude en mis brazos. Aun así, no llora. Yo sonrió mientras empiezo a desesperar. Siento el sudor que me recorre la frente y gotea lentamente por el costado de mi cara. ¿Qué pasa? Miro a Anita, porque ya sé que viene otro estornudo, y ella entiende lo que le digo con mis ojos llenos de angustia. Extiende los brazos y llego a depositar a Martincito antes de estornudar otra vez. Respiro hondamente, miro a mi mujer y veo al bebé que sigue sin quejarse. Me alejo unos pasos para sentarme a un costado de la cama y la familia se acerca a pedir por el recién nacido.

Entonces descubro que ya no siento ganas de estornudar. De repente comprendo que soy alérgico a mi hijo.

Cuando llegó Vanesa esta tarde, la sentí repugnante. Vestida con una pollerita corta de una de esas telas bien putonas, como lycra o raso, y una remerita acorde. Le pedí que fuera a hacerme las compras al supermercado. Me miró sin entender, esperando, supongo, que todo fuera una broma.

—Vanesa, querida, soy un hombre que vive solo. Por favor, acá tenés plata. Fijate en la heladera, la alacena... fijate qué hay y qué cosas te parece que faltan. De limpieza compra todo, porque hace rato que no hay nada.

La alergia parecía no tener cura. Me refiero a Martincito. Durante aquellos primeros meses apenas podía acercarme. De repente, nuestro hijo tuvo una madre muy presente y un padre fantasma. Tuvo que llegar Laura para curarme.

Vamos por partes. Si bien no me gusta mucho recordar el tiempo que dedicaba a la pintura, que por entonces todavía era importante, la distancia que se había instalado —como una enfermedad— entre mi familia y yo, hizo que me movilizara más retomando las exposiciones y el contacto con los galeristas que conocía. Lógicamente, Anita ya no concurría, se quedaba con Martín, leyendo al boludo de Casanova o los bodoques insufribles de Montenegro, o mirando televisión, programas de chimentos o programas de cocina.

El día que se vendió PERRO MALO conocí a Laura, una mujer colombiana de edad imposible de calcular (nunca la supe y pudo haber sido tanto diez años menor como cinco años mayor que yo). Tenía las curvas que hacen famosas a las mujeres latinas, y un cabello caoba enrulado y tan largo que pasaba la espalda media. Venía de familia de buen pasar, pero jamás lo exhibía. Su modo era demasiado amable, tenía mucha parada de colectivo encima. Me acerqué a saludarla intrigado por la compra. No era un cuadro caro, pero era *mi* cuadro más caro. Apenas abrí la boca, una música de violines y piano llenó el ambiente. Como en una comedia. Ambos nos miramos extrañados: la música se escuchaba encajonada y opaca.

—Es la sala de conciertos —me dijo, señalando el salón que estaba al otro lado del pasillo del centro cultural—. No me imaginé que pudiera escucharse tan presente desde aquí.

—¡Lavandina! ¡Soy alérgico a la lavandina!

—Bueno, ¿yo cómo iba a saber? —respondió Vanesa, que tenía las manos rojas e hinchadas de acarrear las bolsas del supermercado—. Usted me dijo que comprara de todo de limpieza.

La miré y asentí, consciente del manejo emocional que estaba llevando a cabo.

—Tenés razón, Vanesa. Disculpame.

Vanesa seguía desorientada.

—A ver esas manos, Vane...

—Puedo leer la palma de la mano —me dijo Laura esa tarde, en el bar.

—¡Ah! ¡Los misterios de mi vida resueltos al fin! —le contesté mientras ponía ambas manos sobre la mesa, en medio de los dos cafés.

—Pero esto tienes que tomártelo en serio, señor cínico.

—Promesa

—A ver...

—Tenés hinchado, vení, poné la mano abajo del agua caliente. —Estábamos los dos en el baño. Vanesa no se había quejado. —Dejame que te ayude.

Le pasé jabón y luego sostuve su mano bajo el agua del lavatorio por unos segundos.

—¿Mejora un poco?

—Sí...

—Sí —repetí. Ella levantó la mirada y me vio por el espejo. Se tentó y entonces yo también me reí. Nuestras risas se retroalimentaron mutuamente. —Sí —volví a hacerle burla, y ella hizo lo que yo estaba esperando: sacó la mano de repente, con un puñado de agua y lo arrojó a mi cara.

—¿Tú te estás burlando de mí? —me dijo Laura, que no estaba ofendida, pero sí intrigada.

—No me burlo de vos, ¿pero no te parece que, si hay un Dios, leer las manos, el tarot, el horóscopo, todo eso queda obsoleto?

—Eres muy creyente.

—Pero digo... ¿vos sabés quiénes inventaron la significación de las cartas del tarot o de la borra del café? ¿Alguna vez conociste a los que escriben los horóscopos?

—No, yo no. ¿Tú sí?

—Claro que sí, estás ante uno de ellos. Uno de los mejores.

El agua me empapó la cara. La remera de Vanesa estaba toda mojada por el altercado. Terminó de darse vuelta y quedamos frente a frente. Ella debía esperar un beso, pero yo directamente pasé un brazo por detrás de su espalda, la atraje contra mí y empecé a manosearle el culo.

—Es fácil: es cuestión de saber distribuir las virtudes. A Aries le ponés que por su voluntad va a conseguir finalmente algo que hace rato viene buscando. Como casi todo el mundo se siente voluntarioso, funciona. Por ahí dos meses después lo reciclás para Escorpio. Y es lo mismo. Fue un pecado de juventud, Laura.

Vanesa me besó, un poco temerosa al principio, con lengua desaforada después. Yo seguía manoseándole esas tetas jóvenes y firmes, y ella bajó una mano tímida que sintió, a través de mi pantalón, una erección babilónica. Le saqué la remera empapada, que se pegaba a su torso, y la llevé a la ducha, en corpiño y pollera. Ella empezó a desabrocharme la camisa pero le abofeteé la mano.
—Acá mando yo.

—Al final siempre se trata de quién tiene el poder. Yo tenía veintidós años y necesitaba un laburo. Era guita fácil —dije, dando el tema por terminado. Pero Laura estaba decidida a defender su *ciencia*, diciendo que estaba respaldada por una mística profunda y antiquísima. Después de predicar unos minutos mientras yo le clavaba los ojos, nos miramos en silencio por primera vez.

Abrí el agua caliente y regulé con la fría. Comenzamos a empaparnos mientras ella me trabajaba la pija, que había asomado por el cierre de un pantalón que no terminaba de caer pese a estar desabotonado. Con el pelo mojado se veía más chica, casi una adolescente. Pero no tenía miedo. La embestí con mi boca con tanta fuerza que golpeamos los azulejos detrás de ella y creí ver que le corría un hilo de sangre del labio superior. Después le levanté la pollera y le corrí la bombacha de costado. Me saqué sus manos de encima y me la apreté con fuerza, sintiéndome un gorila excitado. Le separé los mulos con un golpe de rodilla y la penetré con intención dañina.

—Mira, yo no hago juicios, de verdad... pero no puedo dejar de notar que eres casado —dijo, señalando el anillo.

Levanté los hombros. No tenía nada para agregar.

—Es lo de siempre. Ahora me dirás que están de crisis y que vas a dejarla...

—No. No podría dejar a Anita. Con ella es para toda la vida. Pero ella no está acá ahora.

Empujé cada vez con más fuerza mientras ella arañaba mi espalda, y mil imágenes se me vinieron a la cabeza: Anita con sus collages; Laura contándome de las bombas en Colombia, tirados en la cama de un hotel medio pelo; mi hermano hablándome de las mujeres y los hijos; mi propio hijo, al que no podía acercarme; Memo, que era como un sobrino adoptivo; Andrés Casanova ganando premios y triunfando por el mundo... Entonces acabé con una serie de espasmos que me dejaron al borde de la más absoluta debilidad. Vanesa refugió mi cara entre sus tetas y acarició mi poco pelo.

Lo que hacía fascinante a Laura, al fin y al cabo, no tenía tanto que ver con ella misma, si no con su país de origen. Tampoco era que yo tuviera fijación con las colombianas: hubiera sido lo mismo una venezolana, una peruana o incluso una checa. Lo que me atraía era el contacto de dos mundos distintos. Quizás los hombres seamos todos iguales, pero las naciones nos diferencian. Ahora lo pienso y son los pequeños detalles: desde el modo de tú y el modo de vos, hasta cierta liberalidad sexual, pasando por diferentes grados de asimilación del machismo, la violencia, el estado de las cosas y el orden del mundo. Lo que ocurría con Laura, a diferencia de Anita, era que yo podía aprender algo nuevo. Me seducía, me entusiasmaba, y hasta me gustaba como sonaba cuando se lo comentaba a Gustavo.

—Gustavo, me estoy cogiendo a una colombiana.

Dije que Laura me curó. Después de la primera vez que me acosté con ella, volví a casa, tarde, muy tarde. Anita ya se había acostado. Fui al cuarto de Martín, como hacía todas las noches, pero en vez de mirarlo unos segundos desde la puerta, me acerqué y le besé la frente. Él dormía profundo. Ya estaba cerrando la puerta de la habitación cuando noté algo extraño. Volví sobre mis pasos y acerqué mi cara a la de mi hijo. Dejé que reposara mi mejilla junto a la de él. Respiré tan hondo como pude. Se me había ido la alergia. Por entonces, Martín tenía un año y nueve meses.

11

Sonó el timbre temprano. Pude espiar el despertador y no eran las nueve. Decidí que no iba a abrir, pero no pude volver a pegar un ojo porque, con intervalos cada vez más cortos, el timbre seguía sonando. Cuando finalmente llegué a la puerta, quise ver por la mirilla. Y vi, pero la lucidez todavía estaba lejos, así que antes de tener alguna idea de lo que estaba pasando, ya estaba en el piso, con la boca llena de sangre.

Frente a mí estaba Mario. Hermano querido, tanto tiempo de no vernos y no se te ocurre otra cosa que despertarme a las nueve de la madrugada. Yo, desde el piso, intentaba conectar con sus gritos. El rostro transformado en una máscara rabiosa. Enajenado, como perro malo. Hablaba de Gervi, de lo que le había hecho. ¿Qué le había hecho yo a Gervi? ¿De qué estaba hablando? Mario no se quedaba quieto, caminaba de un lado a otro frente a mí, cada tanto amenazando con volver a golpearme.

Creo que entonces fue que sacó el arma.

Era la Glock. La Glock que en realidad no era una Glock.

—¿Darle un arma a un chico? ¡En qué cabeza cabe!

Quise decir algo, pero no tenía la voz ni las palabras.

—¡Levantate, hijo de puta! Tendría que hacerte una denuncia, si no es que te mato ahora mismo.

Como si fuera capaz de matar a alguien. Mario era puro ladrido, siempre había sido así. Tarde o temprano iba a tener que levantarme del suelo, así que empecé a hacerlo, aun sabiendo que me exponía a otro golpe. Pero Mario siguió gritando, como si estuviera dando una función para un público invisible. Muy despacio, caminé hacia la puerta y la cerré: el resto del vecindario no tenía por qué enterarse de lo que estaba ocurriendo. Luego fui a la cocina, todavía aturdido, y busqué un Ibupirac.

—¿Me estás escuchando?

—Te estoy escuchando, Mario.

—¡Hablá, entonces, la puta que te parió!

Tragué la pastilla con un vaso de agua de la canilla.

—Seguí insultando a mamá que no va a cambiar nada, Mario.

Entonces lo vi venírseme encima, agarrando el arma por el caño, como si fuera a golpearme con la culata. En ese momento di un paso al frente y me paré cara a cara con él, que se detuvo, sorprendido.

—¿Cómo le vas a dar una pistola, vos estás loco?

—Es de aire comprimido, ¡no va a matar a nadie, boludo! Por qué no te preguntás, mejor, cómo es que tu nene tiene que venir a contarme a mí lo que le pasa en el colegio con los pibes.

—¿De qué mierda estás hablando? Lo joden un poco por el nombre, siempre va a ser así, no es nada del otro mundo.

—Ves, por eso mismo es que viene a hablar conmigo.

—¿Y qué te vino a decir?

—¡Que lo fajan, boludo!

—A mí nunca me dijo que le pegaran.

—Y claro, qué te va a decir, si nunca le diste pelota al pibe. Te la pasás diciéndole que es un pelotudo.

De repente, ya no estaba tan agitado. *De repente, una cacerola*, como decía Anita. Era una frase de su propia cosecha, y significaba que cuando estás buscando resolver un problema, de la nada te encontrabas con otro mucho más grave que no habías previsto. Pero esa es otra historia.

—¿Qué... de qué estás hablando?

—¿Vos sabías que tu pibe está enganchado con una minita y no quiere invitarla a la casa por miedo a que lo hagas pasar vergüenza?

—A Gervi no le gustan las minas todavía, es muy tímido.

—¿Y qué carajo tiene que ver? Es tímido, tiene la autoestima por el suelo, y si no fuera por Ramona, que hace lo que puede, ya estaría fantaseando con cortarse las venas.

Mario amenazó con levantar un brazo, pero enseguida dejó la seudoGlock sobre la mesa.

—Eso no justifica que le des un arma. ¿Vos sabés el griterío que tuve que aguantarme cuando Ramona se enteró?

—Dios te preserve los oídos.

Resopló. Miró al techo y puso cara de circunstancia, como si le doliera decir lo que ya sabía que iba a decir antes de llegar.

—Mirá, Daniel, yo tuve paciencia. Entiendo lo del coso ese en la cabeza, entiendo lo de Anita... Todo el mundo me dice: Daniel está depresivo. Daniel dejó de trabajar. Daniel no atiende más clientes. Daniel no atiende el celular. Conocemos a la misma gente, boludo, obvio que me entero de todo. Y por eso te aguanté hasta acá con tus cosas: sabías que le tenía prohibido a Gervi que viniera a verte, y cuando me enteré de que venía a escondidas me hice el boludo. ¡Como si no me diera cuenta! Gervi tiene menos viveza para mentir... Ahora, si Gervi vuelve a pisar esta casa, te meto una denuncia.

—Me parece bien, si sos el padre, podés empezar a ejercer.

—¡Mirá quién habla! ¿Dónde está Martincito? ¿Eh? ¡Qué padre, la puta, que sos, eh! No tenés idea si tu propio hijo está vivo o muerto. ¿Vos me venís a hablar de cómo ser padre?

Y de repente había que terminar ese intercambio, como fuera. Miré alrededor: mesa, taza, Glock, mantel, heladera, mesada, vaso, cuchara... Me di vuelta y me abalancé sobre la pileta de la cocina: tomé el cuchillo tramontina y sin pensarlo un segundo, lo empuñé con la mano derecha y me rebané el costado exterior del brazo izquierdo. La sangre comenzó a brotar a borbotones, manchando mi ropa, el piso, el mantel, todo lo que me rodeaba. Me arrojé hacia Mario, que tenía los ojos cruzados en una mezcla de asco y horror y, sujetando el brazo sangrante al frente, como un arma, me fui acercando cada vez más mientras le gritaba que se fuera de mi casa. Mario empezó a caminar hacia atrás, confundido, incapaz de encontrar una palabra. Abrió la puerta y se escurrió, mientras yo le sacudía mi brazo frente a su cara, como si la sangre tuviera algo contagioso.

Supongo que es hora de hablar de Martín. De lo que pasó con Martín. *De repente, una cacerola.*

Todo pasó un mismo día, en apenas un rato: yo teniendo que darle a Anita la noticia del aneurisma, Anita reaccionando como loca, desesperada, y el accidente, y Anita agonizando. Y mientras, Martín, que se había perdido entre la gente que nos rodeaba. Cuando me di cuenta, cuando la ambulancia ya se alejaba, cuando volví a casa a buscar las cosas, no había rastro de él. Lo llamé al celular, una, dos, mil veces. Siempre apagado. Salí a la calle, pregunté a los vecinos, caminé el barrio, quise hacer la denuncia, pedí ayuda, volví a casa, lo esperé toda la noche, lo seguí llamando al celular amarillo que Anita le había regalado la Navidad anterior, y después empecé a volverme loco. Organizamos mapas de rastreo, caminé, fui, volví, al día siguiente logré hacer la denuncia, seguí llamando, había que decidir ya qué hacer con Anita, si sería un funeral a cajón abierto o cerrado, y Martincito que no aparecía, y entonces el oficial que dice que hay un recién entrado a la morgue que por la edad podría ser, y yo que voy, sin entender qué está pasando y cuando estoy a punto de ver el cadáver me doy media vuelta y me alejo corriendo, porque no puedo, no me animo, pero ni siquiera es que no me animo, es que no soy capaz de ver la cara de mi nene muertito, así que llamo por teléfono, le pido a Ramona que le avise a Mario, no me importa el tiempo que llevamos distanciados, necesito que venga a decirme si es o no es Martín, pero Mario se fue, nadie sabe a dónde ni cuándo vuelve, y pienso a quién más llamar, pero no hay nadie, o no se me ocurre nadie, y todo da vueltas y entonces vuelvo y digo que voy a reconocerlo, y me hacen pasar a la sala de la morgue, y ni siquiera es miedo lo que siento, siento que no estoy allí, que mi cuerpo se desmaterializa, nada es real, ni tampoco es una pesadilla, simplemente nada existe, estoy en otro plano, es como si estuviera mirando una película, soy espectador de todo lo que ocurre pero no puedo interceder por nada ni por nadie, y me sigo acercando al cuerpo en la camilla metálica, y estamos bajo techo, pero se me ocurre que el sol me encandila, el mismo sol que no está presente allí, que una luz amarillenta me nubla los ojos, y Anita se murió hace años ya, es más, Anita nunca existió, nunca nos casamos, nunca nos encontramos en una exposición porque yo no pinto cuadros y no puedo exponer cuadros que no pinto y entonces George Harrison se muere en Inglaterra en 1969 y nunca llega a editar ese disco que tantas veces escuchamos, George Harrison se muere porque tiene un aneurisma, y su mujer lo llora, y su hijo también, George Harrison ha muerto y le ha ganado por más de diez años a John Lennon, y entonces nadie dice que *all things must pass*, y mientras me sigo acercando al cuerpito rígido, que seguramente ya empieza a descomponerse, no creo en dejar ir las cosas, *All things must pass, my ass*, tan fácil cantar espiritualmente cuando son los otros los que tienen que desprenderse, y Martincito, que quería un padre desde aquel primer día, cuando apenas consciente lo depositaba su madre en mis brazos y yo no estornudaba, no estornudaba, no tosía, no hacía nada raro, porque era un padre, un padre como cualquier otro padre, que recibe a su hijo en los brazos y se emociona y llora de alegría, y lo huele y está limpio y sano y es un pequeño pedacito de uno, una pequeñez a imagen y semejanza, y somos padre e hijo y seremos inseparables, compinches, voy a dejarlo cada mañana en el colegio y jugaremos al fútbol y seremos de Boca o de River, o de lo que él quiera, y los circos, y las fiestas y las guirnaldas, y las películas y *Volver al futuro* y los jedis, y la primer noviecita, y los amigotes, y las travesuras, las amonestaciones, las materias a marzo, las charlas de hombre a hombre, la casa propia, la mujer, el hijo, mi nieto, el abrazo de un padre que abraza a otro padre más joven e inexperimentado, que tiene en los brazos a su propio hijo y tampoco estornuda. Un padre que abraza a otro padre más chiquito.

Y estoy frente a la camilla abierta, y un cuerpo de niño pálido, sin huella de vida, aparece.

Y lo veo, y no lo veo. Pasarán los meses y comenzaré a preguntarme si era él, si no me estaría engañando a mí mismo, porque en ese momento vi a otro chico, un pibe extraño, un hijo de otro, pero fue tan solo un segundo, una visión dudosa, de la que entonces no dudé, pero dudo ahora, y si bien sé que ese chico no era Martín, tampoco estoy seguro de saber bien que lo sé. Y es que los días siguen pasando, y luego son semanas y luego meses y Martín continúa sin aparecer y todos empiezan a decirme que tengo que hacerme a la idea de que probablemente le haya pasado algo, pero, ¿quiénes son todos? Ya ni recuerdo quiénes son los quiénes de esa nube de meses en los que el cuerpo comienza a comprender cosas que la mente aún no es capaz de aceptar. Y finalmente llega el día en que la muerte de Anita es como el eco de una angustia de ensueño, y nada se sabe, nada se supo nunca más de Martincito, que ni siquiera está muerto y enterrado, está desaparecido, desaparecido y no hay dictaduras ni terrorismo de estado, está desaparecido porque la tierra se lo tragó, porque cuando Anita estaba agonizando yo no pensé en él, no miré a dónde iba, hacia dónde corría.

10

Domingo, 12 de septiembre. Me quedan diez días. Estoy perdiendo cohesión. Tanto recuerdo al acecho me roba iniciativa, y por momentos me olvido del por qué. ¿Por qué estoy haciendo todo esto? ¿Qué es lo que estoy haciendo? La primera respuesta es la más fácil: porque no tengo nada que perder. La empatía no existe, es un concepto inventado por los burgueses con culpa y las estrellas de rock.

Y tengo rabia. Una rabia callada, una rabia que todavía no se hizo espuma en la boca. Porque soy mi propia pintura. Soy el perro malo.

Suena el timbre. Recién entonces recuerdo que había citado a Memo. Jamás creí que fuera a cumplir pero, por otra parte, se llevó tan buena guita la otra vez que es lógico que quiera ver qué más puede rapiñarse. Cómo empiezo a quererlo al pequeño mandril.

Abro la puerta y, en efecto, está Memo, pero también hay otro chico, el Mota. Tiene rasgos duros, es un par de años más grande y desconfiado.

—Memo, es de mala educación traer amigos sin avisar.

Memo permanece callado.

—¿Podemos pasar? —dice el otro chico, y me doy cuenta ahí mismo de que Memo es un nene de pecho al lado de este otro, que relojea todo lo que tengo a mano.

Hay una escena en *El regreso del Jedi* en la que el robot dorado, C-3PO, habla en un dialecto muy primitivo a una serie de osos salvajes, y les cuenta la historia de la lucha entre el imperio y los rebeldes. No lo hace con declaraciones filosóficas ni grandes reflexiones sobre la condición humana. Lo hace en el único lenguaje que esos animalitos pueden descodificar. Bueno, algo así fue lo que pasó esta tarde con Memo y el Mota. Les conté mi idea del modo más simple y maniqueo posible. Les hice creer que ellos serían beneficiados, y oculté todos los peligros que implicaba. El Mota desconfió un par de veces, pero, al fin y al cabo, era una oferta que no podían rechazar.

9

Contra todo pronóstico, hoy volvió Vanesa. Se disponía a seguir la relación laboral como si nada. Había venido arregladita, no provocativa, apenas correcta. Había aprendido.

No pude evitar reírme.

—Vanesa, nunca existió el trabajo. ¿Cuántas cosas hiciste que hayan tenido algo que ver con la arquitectura? Me serviste café, me hiciste las compras, te pegué una cogida bárbara, pero en ningún momento hiciste nada, nada, que tenga que ver con el trabajo. ¡Tené un poco de orgullo, mujer! Si te pido que ahora me limpies los pisos, sos capaz de hacerlo.

—Pero… me prometiste que…

—¿Sabés cuánta gente te va a prometer cosas? Pero, si hasta en la Santa Biblia está: *¡Antes pasará un camello por el ojo de una aguja que un rico entrará en el reino de los Cielos!* Y mientras el reino de los cielos nos espera, nosotros seguimos comiendo mierda y chupando pijas. Vos más que yo, claramente. ¿Querés saber la verdad? Hace meses que ya ni siquiera atiendo llamadas de trabajo. Te dejaste coger gratis, espero que al menos te haya gustado.

En ese momento los ojos se le pusieron vidriosos y las lágrimas empezaron a surcarle las mejillas. Tardó un largo momento en poder decir algo y, cuando lo hizo, la voz le temblaba.

—Te voy a hacer una denuncia.

Se fue hace un rato. Llamé a Eduardo. Dije las cosas de rigor: *¿Cómo estás? Tanto tiempo. Sí, estuve con mil cosas...* Estuviste bien, Eduardo, no preguntaste por Anita. *Mirá, la verdad te llamo para pedirte un favor. Se llama Vanesa, quiere meterse en el mundo de la arquitectura, tiene empeño y ganas.* Le pasé los datos para que la contactara y le pedí que jamás me mencionase.

8

Entonces ella se reclina contra su asiento, detrás del escritorio, y dice:

—Vos no podés seguir ocultando lo que tenés, Daniel.

Yo estoy confundido, como es de esperarse. Quiero hablar, pero solo conecto una serie de balbuceos.

—Decile a Anita de una vez. No la estás protegiendo así, ¿no ves? Que le va a doler, sí, seguro, sos el marido, sos el padre de su hijo, pero no podés seguir así. ¿No querías arreglar las cosas ahora que volvieron?

—Tengo una bomba de tiempo en la cabeza.

—Con más razón. Si te llega a pasar algo, Anita tiene que estar preparada. Pensá en ella, Daniel, pensá en Martín.

La Bittoni resopla. Anita quería que yo hiciera terapia. Durante el último año mi vida entera había estado bajo la lupa: que egoísta, que no quiero a mi mujer, que soy un padre ausente. Y yo pensando que le chuparía las tetas hasta arder en el infierno.

—Daniel, ya sé que es difícil, pero, va a ser para bien. Vos lo sabés.

Al día siguiente, cumplo lo prometido. Una hora después, Anita está muerta, yo sigo con el aneurisma en la cabeza, y Martín desaparece para siempre.

Alguien tiene que hacerse responsable.

7

Cada día, un desprendimiento.

Toda la vida estuve y no estuve en los lugares, con las gentes, en las reuniones, en las clases, en las oficinas. Siempre estuve también en algún otro lado, más real para mí, más excéntrico para los demás. Me rodean imágenes, hijo, aires, estructuras, espacios, veo espacios y aire, distancias, colores que desbordan el contorno de la percepción normal de las cosas. ¿Me entenderías si te dijese que puedo recordarte como un collage desordenado antes que como una foto? La ciudad, el barrio, la casa: una serie de partes y distancias. Cruzo gente y guardo el esbozo, manchado por pinceladas grotescas de colores primarios. Puedo no haber sido un buen padre, pero esto no quiere decir que no lleve conmigo una serie de recuerdos, de minutos elegidos. Puedo dejarte algunos, sobre todo ahora que ya no estaré para darte mi media mirada, mi expresión incompleta. Me acuerdo de vos, hijo. Me acuerdo de vos caminando agarrado de la pared en la casa de Mario, mientras todos cenábamos y nadie te prestaba atención. Habías decidido dar tus primeros pasos, y yo, que como siempre, estaba, pero estaba ausente, pude verte, pude mirar tus pasitos inaugurales en el momento preciso y probablemente nadie lo hubiera sabido si no hubieran visto mi sonrisa triste y callada. ¿Por qué una sonrisa triste? Porque estaba feliz en ese momento, Martín. Siempre me produjo una pena asombrosa el refilón de cualquier felicidad: la felicidad siempre se está yendo, siempre es un momento, una percepción, un instante de algo impalpable y luego ya. Se fue, no está, solo queda la foto para el álbum, el dibujo de la memoria. Así que esa noche te miré tan alegre, y mi desconsuelo era tan grande que me hubiera gustado abrazarte, pero era la época en que todavía me daba alergia, algo de lo que no sé si te acuerdes pero que a mí tu madre jamás me dejó olvidar. También me acuerdo cuando pediste que fuera yo a buscarte al jardín el primer día que te iban a llevar a salita de tres. ¿A quién se le iba a ocurrir que ibas a pedir por mí? Mamá me miró sorprendida, mientras terminaba de armarte la bolsita, como si yo pudiera haberte sobornado. Pero querías que fuera yo, y fui. Caminabas alegre y revuelto, y cuando te fui a buscar y te levanté en brazos para llevarte a casa, pataleaste, bolsita en mano, y rompiste a llorar. Querías entrar otra vez. Te hiciste entender: querías más de eso nuevo, eso que era otra cosa que la casa y los brazos de tu madre. Mil veces imaginé que nos sentaríamos en un bar una noche fría, pediríamos dos cervezas, vos con tus trece, catorce años, y ahí me contarías tus penas de amor, tus inseguridades con alguna chica que te volvía loco. Incapaz de disimular la emoción al pensar en ella. Mil veces ensayé en mi cabeza las cosas que podría decirte y, por supuesto, mil veces las olvidé. Y cuando te festejamos el cumpleaños de cuatro, y en el momento de la torta me abrazaste y lloraste después de soplar las velitas, yo te entendía, hijo. Yo entendía tu pena, porque de tal palo, tal astilla, y yo estaba orgulloso de vos, de que pudieras empezar a percibir el abismo que siempre llega después de la risa.

Y en mi estudio, cuando subías a ver qué estaba haciendo, y te sentabas al tablero, que te quedaba incómodo y angulado, y tratabas de dibujar en silencio, y después dejabas todo tirado y yo guardaba tus dibujos, tus animalitos cubistas, tus rayones arrebatados. Tus hojas atemperadas eran el espanto más hermoso que vi en mi vida.

Y nunca le conté a mamá que te gustaba más como te hacía yo la chocolatada, que ella le ponía mucha azúcar y poco Nesquik. Y compartíamos esas pastafrolas de la esquina que yo compraba algunos domingos, cuando me acordaba, o cuando no me había ido por completo. Me acuerdo de tu fascinación por esos muñequitos de *Star Wars*. Te gustaban los *Ewok*, el Wickett particularmente. Supuse que llegaría el día en que veríamos las películas juntos y entonces quizás vos también entendieras que Darth Vader podía redimir el amor por su hijo con un gesto final.

Pero ya no estás. Esta saga quedo trunca. Desapareciste y me dejaste padre ausente de un hijo desaparecido.

6

Cada día, un desprendimiento. Hoy encontré el cuerpo aplastado de Josefina en el suelo de casa. Esto me cambió el ánimo desde temprano. Bobo, a lo lejos, mira con expresión sospechosa. Josefina, vos también, al final, me abandonás antes de tiempo.

Ojalá, si hay una *vidadespués* para las cucarachas, allí te encuentres con Juanjo. Lo que es yo, me voy a acostar y dormir toda la tarde. Es curioso, pero cuesta esperar hasta la primavera por momentos. Necesito enfocarme en Casanova. Es la única garantía de que no me mate antes.

Bobo, ni se te ocurra venirte a la pieza conmigo.

5

Cada día, un desprendimiento.

Hoy busqué en Once una .38 real. Prometí no dar detalles y voy a mantener mi palabra. Mi seudoGlock a gas va a parar al cajón de las cosas inútiles, que es adonde todo va a parar en algún momento, al menos hasta que somos nosotros los que vamos a parar al cajón.

El consultorio de la Bittoni está ubicado en el segundo piso de un edificio decorado en madera y lleno de espejos en el vestíbulo de entrada. A pocas cuadras de Recoleta, pero en realidad en ese espacio indefinido que llaman Barrio Norte.

La Bittoni no tenía por qué esperar nada malo de mí. Así que cuando la vieja pasó la puerta y se despidió, y ella levantó la vista y pudo verme, encontró a su expaciente, reclinado contra el auto blanco en la calle, vestido con un sobretodo negro y una polera a tono debajo. La anciana siguió camino y la hija de Lucifer se quedó parada, con la puerta abierta. Me miraba con algo parecido a la pena, supongo. En ese momento supe que se había enterado, de alguna manera, de todo lo que había sucedido.

Daniel, dijo con voz suave, y en su supuesta grandeza de espíritu vi mi oportunidad. Me acerqué a ella caminando despacio, con máscara de sutil congoja bien puesta.

—¿Podemos hablar un rato? —dije sabiendo la respuesta de antemano, y juro que fue pura intuición.

—Sí, claro... ¿pero no te parece mejor otro día? Hoy ya estoy por irme a casa...

Bastó que permaneciera en silencio.

Los dos pisos por ascensor fueron tensos: ya había conseguido entrar, ahora tenía que cuidar los detalles. Por suerte, no nos cruzamos ni portero ni vecinos. Quizás alguien me hubiera visto en la entrada, pero para cuando la policía me identificara ni la Bittoni ni yo estaríamos ya en este mundo.

Abrió la puerta de su consultorio, ese departamento chic con luces cálidas, y me invitó a pasar. Como a los vampiros, pensé. Ya adentro, me relajé lo suficiente para notar que ella estaba vestida con una larga pollera negra y una blusa rosada. No estaba particularmente sexy, y justo en su día. Uno nunca debería acudir a su ejecución vistiendo casual.

El living donde siempre teníamos sesión era pequeño, de unos tres metros cuadrados. Daba a un pasillo que, según espié, terminaba en una habitación, pero también conducía a un baño y una cocina. En la pared seguía colgado el diploma: los psicólogos no cuelgan pinturas, cuelgan diplomas.

Sonó el teléfono.

—Aguilar... 15... 447... —empezó a murmurar mientras anotaba los datos de un posible paciente. Dio cita para el martes siguiente a las 17.30 y todo el tiempo se la escuchaba segura y profesional. Como una puta asesina.

Para cuando se dio vuelta, yo ya estaba detrás de ella.

Algo en su expresión se desencajó. Comprendió el peligro instintivamente, antes de verlo. La agenda cayó al suelo. Quedó entre el escritorio y un hombre que empuñaba una .38.

—Daniel... —susurró.

—No, no Daniel. ¿Vos leés algo más que revistas? —No esperé la respuesta—. Bueno, imaginate que en vez de Dios, en vez de Le Corbusier, allá arriba, decidiendo todo, está una escritora. Flannery O'Connor. Y ese personaje, el Desequilibrado, es su Mesías. Tenía mucha razón, Bittoni, tenía mucha razón la O'Connor: «un hombre bueno es difícil de encontrar». Ahora, antes que nada, dejame que te explique. Podés gritar, hacer algo para llamar la atención de alguno de tus vecinos. Y es posible que lo logres, aunque también es posible que nadie te haga caso, ya viste cómo es la gente, está siempre ocupada mirando telenovelas. Pero igual, si gritás o pedís ayuda, eso va a ser solamente problema mío, porque vos vas a tener un agujero en el estómago. Si te portás bien, si te quedás calladita, yo diría que tenés buenas chances de terminar el día con vida y sin un rasguño. ¿Nos entendemos?

La Bittoni asintió con la cabeza. ¿Y ahora qué? Había repasado tantas veces la manera de abordarla, de entrar al edificio, de evitar las sospechas, de apuntarle y ver su carita tan desafiante reducida a la expresión de una mascota asustada... ¿y ahora? Miré más allá, traspasando con la vista la pared y viendo la imagen enorme del Desequilibrado, imponente, agigantado, mientras la anciana caía al suelo, ya muriendo, ya muerta. «Habría sido una buena mujer, si hubiera tenío a alguien cerca que le disparara cada minuto de su vida».

Bajé la mano de acero y comencé a acariciarle las piernas sobre la pollera con la .38.

—¿Cómo se siente? —Y mi tono era lejano, impostado, pero no sonaba del sur de los Estados Unidos, sino del último cinturón del conurbano bonaerense—. ¿Te gusta, puta, putita? ¿Te gusta sentirla?

La Bittoni temblaba, incapaz de pronunciar palabra, pero mejor: sus ojos reflejaban un terror que nunca me había creído capaz de generar. Esto me calentó. Seguí acariciándole las piernas, ahora por la parte interna de los muslos, muy, muy suavemente. Suavidad y tensión, mientras acercaba mi cara a la de ella, al punto que nuestras narices casi se tocaban.

—Daniel, por favor...

—Bittoni... —le dije, encantado, mientras con la otra mano le corría el pelo y tocaba su mejilla redonda y firme. La pistola siguió haciendo su camino hasta empezar a frotarse contra la entrepierna y si bien yo tenía un dedo en el gatillo desde el primer momento, recién entonces pensé que incluso para el Desequilibrado sería algo diferente meter el frío acero de una bala allí donde solo hay lugar destinado a la humedad de un miembro viril, a la carne. Imaginé en apenas un minuto las mil repeticiones de la escena: su cuerpo *implotando* por un daño inimaginable, la contracción que acabaría con todas las contracciones. Empujé el caño de la pistola, ya más de frente. Una y otra vez. Una y otra vez. Adentro y afuera, ida y vuelta. Con la mano que tocaba su cara bajé hacia sus hombros y luego busqué la entrada por debajo de la blusa: subí, subí y encontré esas tetas voluptuosas que a ella tanto le gustaba exhibir desde su pedestal de vedette con intelecto. Le mordí los labios suavemente, y perdí el control por un instante, mientras apretaba una de sus tetas con calor adolescente. De repente, lo impensado: ella gimió. Tal vez de placer, tal vez de terror, pero gimió. Y mi nublada erección se vino abajo como la estatua de oro de Nabucodonosor.

La Bittoni percibió mi distracción y aprovechó para empujarme. Yo trastabillé dos pasos y vi que ella se lanzaba. Hacia el baño. Único camino posible. Se encerró detrás de la endeble puerta de madera.

¿Pensaba que eso la protegería de una bala? Me bastaba darle un buen golpe a la manija para desbaratar su muro. Me acerqué y pegando la cabeza a la puerta empecé a hablarle, no sin percatarme que del otro lado se escuchaban ahora los sollozos agitados de la licenciada.

—¿Te acordás, Bittoni? ¿Te acordás de tu insistencia? «Vos tenés que contarle a tu mujer, Daniel.» Esa puta manía de manipular a los hombres que tienen ustedes. Esa pasión por mover los hilos y ver los resultados.

Hice una pausa, tomé aire. Del otro lado, los sollozos eran más pausados. Respiré hondo y pensé que me podrían haber escuchado en los otros departamentos. Decidí que era suficiente y tenía que emprender la retirada.

—¿Pero sabés qué? Te perdono. Así de generoso soy.

Di media vuelta y fui hasta la entrada del departamento. Saqué las llaves de la cerradura, y miré hacia el pasillo oscuro.

Salí, dejando la puerta entornada y fui hasta el ascensor. Llamé. Esperé un momento, se hizo eterno. Pensé que había hecho lo correcto. Así estaba bien. No hacía falta más.

Entonces, y sin saber por qué, volví sobre mis pasos, entré al departamento, vi a la Bittoni, que salía del baño y se quedaba paralizada, y entonces levanté la .38 y disparé una, dos, tres veces. Solo el primer tiro le dio de lleno en el pecho. Entonces sí, salí, cerré la puerta, tomé el ascensor y dejé el edificio antes de que alguien pudiera verme.

4

Un sueño sereno, en el que la tarde transcurría amable, su luz entrando por las rendijas de la persiana con diáfana voluntad. Vos estabas sola, habías quedado atrás, el resto del grupo —yo incluido— había seguido camino, pero solamente yo había notado que no estabas. Afuera, en la noche, una noche tan incuestionable como la tarde adentro, el grupo era numeroso: hombres y mujeres que me eran conocidos, amables, queridos. Me invitaban a una cena que, nadie ponía en duda, sería estupenda, tanto por la comida como por la compañía. Pero yo sabía que estabas faltando vos. Me retrasé, fui dejando pasar al resto del contingente, y cuando ya era el último, volví sobre mis pasos, doblé una esquina oblicua y encontré, entre plantas cuyo verdor reflejaba la negrura de la noche, la puerta que conducía a ese interior, lugar al que entré sin dudar y era como un gran vestuario, pero también una habitación, y quizás un gimnasio. Vos estabas ensimismada, no entendías por qué te habían dejado atrás. Estabas sentada sobre una camilla de levantamiento de pesas, desnuda de la cintura para abajo, con una remera negra que tenía restos de un semen que no era de otros, aunque tal vez tampoco mío y ciertamente no era tuyo. Parecías apenada por el semen que marcaba tu remera negra, tan puro y espeso que no era una serie de manchas sino pequeños rasguños verticales, o tal vez gusanos que engordaban hacia el medio y se volvían finos en sus extremos. Pero yo no creía del todo en tu pena. Sentía la excitación sosegada que emanaba de tu expresión ilegible. Lo sabía, porque yo también era perfecto en esa tarde que siempre estaba cayendo. No tenía miedo de hacer algo mal, de equivocarme, de dar el mal paso. Entonces me acerqué a vos y te hablé como si no te conociera de toda una vida. Nunca habíamos tenido sexo, si bien había un manojo de universos en el que sí, en los cuales lo habíamos agotado incluso, y ambos éramos conscientes de la contradicción. Y no importaba, no había errores; en ese Edén no había lugar para el error, no solo todo estaba permitido, sino que todo se sentía afinado, justo, como si hubiésemos entrado en una fase lunar en la que no existía la vergüenza, el temor o la duda. Me acerqué a vos hasta que estuvimos uno al lado del otro y me pediste que fuera con los demás, querías estar sola y te callé con un beso que hizo temblar literalmente tus labios. Fue breve, más un choque, más un shock que algo erótico, pero igual te gustó, igual me gustó; entonces, como yo estaba reclinado, pero seguía parado, y vos sentada en la camilla, te tome por la cintura y te giré de manera que pudieras abrir las piernas hacia mí. Me deshice de mis pantalones en un movimiento y saqué mi pija erecta, a la que le di calor con mi mano primero. Pensé que iba a ser doloroso para vos, porque vos nunca habías estado con un hombre hasta entonces, y al pensar esto volví a preguntarme por los caminos de semen que seguían adornando tu remera, pero nada de eso ocurrió, penetré casi sin resistencia, como si tu entrepierna, húmeda y eternamente receptiva, me hubiese estado esperando por los años de los años. Se cerró todo alrededor, y de repente fluía entre nosotros esa aura de bondad absoluta, éramos parte de la bondad universal (excepto que no la hubiésemos llamado *bondad* porque no existía nada por fuera de ella, por lo que ese estado no tenía nombre, nunca lo tendría) y empezamos a agitarnos, a movernos, y todo estaba perfectamente bien, sincronizado como si todo el sexo que el hombre había tenido hasta entonces hubiera sido solo un ejercicio de preparación previa, una orquesta afinando. Fuimos tomando velocidad y yo te agarré por ambos lados de la cadera, sosteniéndote mientras te arqueabas hacia atrás, preocupado porque supieras que podías gozar, que no había nada que disfrazar ni fingir. Tu cara se debatía entre el éxtasis y la preocupación del semen en tu remera, pero no te preocupaba por vos, te preocupaba por mí: tenías miedo de que lo tocara y me asqueara de todo aquello. Y yo me recliné para besarte mientras seguíamos sacudiéndonos, porque si bien aquel semen no era mío, quería que miraras mis ojos, detrás de mis ojos, que compartieras la evanescencia de todo lo que no era vital, que levantaras vuelo conmigo y supieras que el asco había quedado atrás. Solo importaba seguir moviéndonos, seguir entrando en vos en un movimiento ritual, pulsante, como marcado por un compás de balada *ambient,* y fuimos alcanzando, de ese modo tan invertebrado, el orgasmo culminante de la raza humana, y llegué entonces a mirar tu carita satisfecha, todavía algo apenada pero ya dibujando el contorno de una sonrisa entre los espasmos, cuando la luz mortecina de la tarde se deshizo: no fue más luz, pero tampoco oscuridad, los cuerpos fueron señal para todos los sentidos y desaparecimos del mundo, porque el mundo ya no podía contenernos.

Cuando desperté, sentí un dejo de calentura residual que pronto dio lugar a preguntarme por la oscuridad que reinaba en el cuarto. Miré el despertador: eran las seis de la tarde pasadas. ¿Era posible que hubiera dormido más de dieciocho horas? Estaba agotado, todo mi cuerpo se sentía imposiblemente débil, como si hubiera sido golpeado por un ejército infernal de luchadores de sumo, y entonces supe, o me pregunté: realmente había matado a una persona / ¿realmente había matado a una persona? Por un momento, mientras fuera posible la duda, ambas cosas eran verdaderas. Más tarde podría corroborar, eventualmente, la realidad en cuanto a la Bittoni: si la habían matado, si yo la había matado, tendría que estar en los noticieros, en internet, en todos lados, la policía ya estaría buscando al asesino: no se puede escapar de la información.

Pero no era prioritario que una de las dos verdades se impusiera sobre la otra: no cambiaría nada de lo ocurrido. Así que pensé que tal vez podría aprovechar la oscuridad, el aire mortuorio y el dolor en todo mi cuerpo para pensar un poco.

Porque estos son mis últimos pensamientos.

Creo que Martín creció en un hogar bastante saludable. Anita se ocupaba de él, como casi todas las madres, con cierta tendencia a sobreprotegerlo, y yo andaba por ahí, fuera de tiempo. Y durante esos primeros años, entre los dos y los cuatro creo, mi letargo se disfrazaba de trabajo y arte (lo cual era en parte verdad ya que no dejaba de aceptar encargos, ni pintar o exponer), pero el centro de mi serenidad tenía nombre propio: se llamaba Laura. Miento. No se llamaba Laura, se llamaba Anita+Laura.

Laura sabía que era casado, que tenía un hijo, pero eso jamás fue un problema entre nosotros: *eso es cosa tuya*, me decía, despreocupada. Incluso de tanto en tanto me preguntaba por Martín y se alegraba genuinamente cuando tenía yo alguna anécdota tierna que contarle, algo teñido de materia padre-hijo. Y fue Laura la que me enseñó que los votos matrimoniales no son más que un ritual en el mejor de los casos (en el peor, un reaseguro durante el momento real del amor para cuando el hastío y la abulia hayan tomado su lugar).

—Si Anita se enterara de esto, me mata.

—¿Y por qué tendría que enterarse?

Yo miraba sus ojos grandes y magnéticos.

—A veces no puedo dejar de sentir culpa.

—¡Pero por favor! Esta es una experiencia tuya: estás aquí, conmigo, viviendo una parte de tu vida en la que ella no tiene lugar. Como cuando tú estás con tu socio planeando un trabajo, o cuando estás pintando. En una pareja no se necesita compartirlo todo. Esa es una idea muy del norte. La unidad familiar, la fortaleza ante el mundo, el equipo. La tradición: cásate, ten hijos, compra una casa y un auto, consigue un perro guardián, conserva las apariencias, ten amantes si los necesitas, pelea por la unión en el hogar… da asco.

—Me gusta cómo te apasionan las ideas —dije, embelesado.

—Ay, querido, porque estás acostumbrado a mujeres que no las tienen.

Por meses mi rutina con Laura fue la de vernos una o dos veces por semana, generalmente en su departamento. No era solo sexo, no se trataba del viejo cuadro de la mujer y la amante, era otro amor, y la trataba como tal. A veces solo pasaba a verla un rato por la tarde, a tomar algo y mirar televisión abrazados. Algo que también hacía (aunque no tan seguido desde la llegada de Martín) con Anita. Era el mismo gesto, sensaciones diferentes.

¿Podía ser tan simple llevar una vida así? Un amor más libre se parece a un amor menos demandante, menos viciado.

Pero la serenidad nunca está llamada a durar. Nunca supe si sería cosa de mujer, problemas hormonales, o qué, pero la tan liberal Laura comenzó a complicar las cosas cuando tuvo un retraso de dos semanas. Y de repente, ya no quedaba nada de aquella paz de aires bohemios y comodidades apoltronadas que yo tanto había aprendido a valorar. Por supuesto, luego vino el ansiado período y entonces, la calma, pero lo que tienen las relaciones fuera de casa es que son mucho más susceptibles a la herida superflua. Dicen que la convivencia mata la pasión, y tal vez sea verdad, pero también ayuda a crear puentes alternativos, del mismo modo que un hombre mayor crea circuitos alternos que lo ayudan a sobrevivir un infarto, mientras que un joven, por fuerte y rozagante que sea, no tiene el organismo todavía preparado.

Volví a ver a Laura un par de veces, pero un silencio raro se había instalado entre nosotros. Yo sabía que podía remontar la situación, que si quería podía sanar esa miniatura de hastío a semejanza, pero no tuve la voluntad de hacerlo: me deshice. Ya tenía un modelo de hartazgo en casa, lo que necesitaba de Laura era que fuese, justamente, la otra cosa. Y si no podía serlo, yo no tenía más que hacer.

Ahora, que me revuelvo en esta cama desolada, me acuerdo de vos, Laura, dondequiera que estés. Aquella noche no lloré en nuestra despedida. Estoy seguro de que pensaste que tenía que ver con la falta de amor. ¿La verdad? No sé por qué casi nunca lloro, pero aún hoy, en mi momento de mayor gloria, en mi lecho más decadente, cuando están a punto de coronarme, te recuerdo.

Y tu amabilidad infinita, tus ojos opalinos, tu caricia caribeña y tu tono exilado. Un hombre es un rompecabezas sin bordes. Nunca se termina de formar la figura, pero las piezas fundamentales siempre están a la vista, aunque más no sea en una esquina.

Odio cuando empiezo a hablar así.

3

El domingo tiene fama de día triste. Sin embargo, cuando se sabe que es el último domingo, de repente su talla se vuelve épica. Así que hoy me levanté temprano, me hice un desayuno de café con leche, jugo de naranja, compré medialunas recién hechas y puse mermelada de arándanos en la mesa. Bobo también tuvo su parte del botín.

Por supuesto, la reacción en cadena del quiebre de aquella vida perfecta (Anita+Laura) se hizo sentir en casa. Me volví más irritable, más demandante, todo aquello que yo ya sabía que iba a ocurrir. Para colmo, Anita, que había vuelto al amor apasionado por Andrés Casanova y *su modo sublime de entender las necesidades femeninas*, había acumulado una serie de reclamos que, según ella, tenían como núcleo mi adicción al trabajo. *En los últimos años te pasás la mitad de la semana encerrado en tu estudio, o yendo a lo de tu socio, de viaje, afuera, pensando en otra cosa... Martín sabe muy bien que tiene una madre, pero del padre apenas sabe que trabaja mucho. Esto no es un hotel, Daniel.*

«Esto no es un hotel...», ¿cuán estúpida había que ser para llegar a pronunciar esas palabras? Cada vez que me venía con sus argumentos me daba ganas de gritarle en la cara que ella no era Laura. Y entonces, cuando volvió a atacar mi ausencia por razones laborales, tuve mi momento de grandeza:

—No se trata de trabajo, estúpida, se trata de otra mina.

El resto ocurrió rápido, porque si bien pasaron meses, los eventos fueron muy puntuales: distanciamiento, que quiero que te vayas de casa, que no me voy nada, que esto no puede seguir así, que ya lo sé, que ya no sé qué siento por vos, que vos también me llevaste a esto, que sos un hipócrita, que vos te la pasás pendiente del nene como si fuera un mongoloide, que es chiquito, que eso no justifica, que yo no estoy queriendo justificar, que se terminó, que bueno, que entonces se terminó.

Y mientras, Mario creía que podía aconsejarme. Ahora pienso que al menos fuimos compinches durante el secundario, porque cuando yo entré a primero, él —que había repetido— estaba en tercero. A Mario le gustaba hacer la ronda por mi curso, pavonearse delante de las chicas, y advertir a todos que mejor que nadie tocara a su hermanito menor. Por supuesto, la situación era incómoda, pero tenía sus beneficios cuando la integridad de mi cara corría algún peligro.

Una tarde en nuestro último año de colegio juntos, volvíamos a casa —lo que no era común, a él le gustaba irse por ahí con sus amigos o alguna chica— cuando tres pibes de su curso lo pararon en una esquina. No hacía falta mucho trabajo para pelearse con Mario, y estos tres, encima, empezaron a decirle que a la minita con la que andaba (él no tenía novias, siempre tenía *una minita con la que ando*) ya se la había manoseado medio colegio. Uno de ellos le mostró los dedos delante de la cara y le dijo que la había pajeado tanto una vez que la pendeja había eyaculado. Yo jamás había escuchado que algo así fuera posible, pero Mario no solo era ignorante, era también precipitado. ¿Le estaban diciendo que su novia era transexual? Y ahí nomás empezó a repartir piñas que cayeron en su mayoría al vacío; solo pudo acomodar al de los dedos, antes de que los otro tres lo fajaran. Como un arrebatado, sin pensarlo, tiré la mochila al suelo y me lancé sobre las filas enemigas. Mi impulso sirvió para tirar al piso al que estaba de espaldas a mí. Rodamos juntos un metro. Me metieron patadas en el torso, pero no importaba. Si no me levantaba, no había chance alguna. Cubriéndome como pude, me erguí mientras tomaba el pie de uno de ellos. Por un movimiento fortuito, se salió la zapatilla. La vuelta inesperada lo distrajo y pude embocarlo en la jeta y en la boca del estómago. Eso fue lo último que hice, porque después uno de los otros dos me tiró a la nuca y me di la cabeza contra el poste de la parada de colectivos. Mario contaría luego que en ese momento todo se detuvo: mi cabeza había resonado como una campana, y yo caminé dos pasos como autómata, hasta caer con los ojos abiertos sobre el cordón de la vereda. Los pibes salieron rajando, asustados, pero yo estaba en otro estado del tiempo y espacio. No tengo memoria de lo que sucedió en el nivel de las cosas cotidianas, simplemente floté en un universo de luz, de un blanco brillante, no como el túnel que dicen ver los que mueren, sino una luz que cubría las calles y la gente, y sentí que todos éramos hermanos, y yo era yo, pero también era Mario, y también cada uno de esos pibes, cada extraño que ahora se paraba alrededor mío a ver qué me pasaba, y quería sonreírles a todos y decirles que todo estaba bien, que no pasaba nada, todo estaba muy bien y muy blanco, no había nada que temer, Dios era bueno, la muerte era buena, los hombres eran buenos, el dolor era sano, la sangre era bendita. Luego me desmayé.

En casa estuvieron alarmados por días. Nunca supe si hubo algo de gravedad en lo que pasó, porque mi madre hacía tanto espamento todo el tiempo que parecía que yo había estado al borde de la muerte. Mi padre que, cuando no nos fajaba, generalmente se mantenía al margen de lo que ocurría en casa (*son tus hijos, vos los educaste así*), me dio un abrazo en la cama del hospital y eso fue lo que más me asustó de todo.

Pero Mario estaba fascinando. *Boludo, saltaste por mí... te podrían haber matado por mí... sos de fierro, loco.* Y yo sonreía. Mi hermano finalmente me aceptaba, me había probado ante él, nuestra amistad estaba sellada. Y entonces, quince meses después, le salió el servicio militar: dos años, marina. Luego, por supuesto, yo quedaría exento por número bajo. *Suertudo.*

Cuando finalmente volvió a casa, Mario ya no era el mismo. La milicia, el sur, y los mil atropellos que habría vivido y no contaría por orgullo, lo habían vuelto más parco, casi nunca tenía interés en lo que yo propusiera y con el tiempo creo que me tildaba de maricón por no haber tenido que pasar por el mismo ritual. Peor todavía, Mario se fue volviendo un fundamentalista del servicio militar: según él, forjaba el carácter y moldeaba a los nenes caprichosos.

Por eso quería dejarle hoy ese último mensaje. Esa carta

que le llegará cuando yo ya esté muerto y enterrado. Porque todavía me quedaba algo que decirle, algo importante, algo que necesitaba que supiera por los años que le queden de vida:

Mario: Quiero que sepas que los pibes tenían razón. A tu minita se la cogían todos. Incluso yo me la cogí cuando estabas en la colimba. Era verdad que llegaba a eyacular, te lo juro por mamá.

Firmada la carta, la puse en un sobre y la dejé en el escritorio, con su nombre escrito en letras grandes de imprenta.

2

Una vez escuché algo en la televisión. Contaban la historia de un hombre ciego. Toda la vida había deseado poder ver, ese era su gran anhelo. Y cuando finalmente, a los cuarenta años, pudieron operarlo y devolverle la vista, al principio el tipo estaba eufórico: podía ver formas, colores, paisajes... y todo era maravilloso. Pero pronto empezó a cambiar. El mundo era más pobre de lo que él imaginaba. Nadie le había dicho cuánta mugre había. Cuánta fealdad. Notaba la fealdad en todas partes. Esa capa de polvillo que se acumula cada día sobre todas las cosas. Mientras fue ciego... no tenía miedo. Luego de recuperar la vista, se sintió derrotado. Empezó a vivir en la oscuridad. Ya nunca salía de su cuarto. Después de tres años, se suicidó.

Me preparo para la que va a ser mi última noche. Dormir por última vez. Sentir el resguardo de las frazadas. Hacerlo sabiendo que ya no más, que una noche es la única noche, la última noche.

Quisiera soñar con Anita. Con las exposiciones, con sus collages, con nuestras charlas de café y nuestras horas de televisión tardía, acurrucados en un sofá que hoy queda desvencijado. Quisiera soñar con Martín, con su mirada despierta, con su cabeza angulada en cuarenta y cinco grados, imitando mi expresión. Quisiera soñar con las mentiras que más extraño: que fui feliz, que tuve una familia, que fuimos tres.

1

Y por fin, llega la primavera. Me despierto vital, magnánimo, me hago un café, le sirvo la comida a Bobo, cargo la Glock.

Andrés Casanova se presenta esta tarde, a las 18.00 horas, en la librería El Ateneo, en charla abierta sobre su nueva maravilla literaria. Memo y el Mota estarán presentes. El plan es simple: tan sencillo, tan evitable que estoy convencido de que va a funcionar. Los pibes tienen asegurada su recompensa, aunque he omitido el peligro que implica para ellos.

Ah, anoche no soñé nada. Un negro absoluto. Un cierre adecuado.

Me reúno con Memo y el Mota. Los invito a almorzar, comemos y hablamos, los escucho y no los escucho a la vez. Les tengo cariño. Y no me importa que vivan un solo día más. Pero les doy de comer bien, porque quiero que tengan un buen momento, que disfruten algo por una última vez. Ya el mundo se encargará de quitarles todo de nuevo, todos los días, el resto de sus vidas.

Salimos. 13.17. Vamos al cajero automático. Saco billetes de cien pesos. Le doy cinco a cada uno de ellos como adelanto y guardo los otros diez en el bolsillo. Paso a hablarle al Mota, que es más grande y más pillo.

—¿Ves este número que aparece acá en la pantalla? —Y señalo la cifra de mis ahorros. Son cinco dígitos. Para el Mota, por su expresión, es una fortuna impensable. Le explico que todo eso puede ser de ellos. Esa misma tarde. El Mota desconfía. No tengo tiempo para dar vueltas, así que soy brutal:

—No necesito la plata, me voy a morir.

Memo me mira, tan apenado que parece a punto de llorar. El Mota sigue preocupado: algo no le cierra.

—¿Te vas a morir? ¿Y de qué?

—Estoy enfermo. Tengo algo en la cabeza. No importa, ¿querés la guita o no querés la guita?

Memo asiente, triste. El Mota parece un poco menos convencido.

—¿Y... entonces porque no me la das la guita ahora?

—Porque es mi seguro. Somos amigos, pero los necesito hoy. Necesito que cumplan su parte del trato. Es lo último que les voy a pedir. Y aparte —le clavo los ojos al Mota—, quiero que la plata la repartan entre los dos. Dale a Memo lo que le corresponde. ¿Estamos?

—Estamos —dice el Mota y no me convence. No importa. Es tema de ellos.

Son las 14.55. Me suena el celular. Es Mario. Entonces me doy cuenta de que no necesito más ese aparato de mierda. Paso por un tacho de basura y dejo caer el teléfono, como hacen en las películas de espías. Qué bien se siente ser libre.

15.17. Pasé por casa y le llené de comida el tacho a Bobo. Luego nos despedimos con un momento nuestro, que no quiero contar. Pienso entonces que si todo saliera perfecto volveremos a vernos una última vez. Pero las cosas casi nunca salen perfectas. Dejo la casa, dejo mis cuadros, dejo mi estudio. El desarraigo es también libertad. Llevo la .38 envuelta en una camiseta, dentro de mi bolso cruzado. Cierro la puerta de casa. No pongo llave.

16.44. Voy caminando por Avenida Santa Fe. La tarde está templada, el sol ilumina las calles y la ciudad brilla, resplandece. Llego a la librería donde tendrá lugar la presentación del libro de Casanova. La gran intriga es si me revisarán el bolso en la entrada. Paso la puerta con una sonrisa, saludo al tipo de seguridad y las alarmas no suenan. Evidentemente en las librerías están preocupados porque no les afanen los libros, pero no porque entre un tipo con un arma. Voy rápido al sector de lockers que hay a la derecha. Guardo el bolso y me voy con la llave. Es el locker número 21. ¿Se puede pedir más?

Subo a la planta alta, donde están las secciones de libros técnicos. A un costado hay unas cuarenta sillas dispuestas en filas de ocho, todas mirando a la mesa sobre la que se encuentra un micrófono apagado y una copia de *Escrito desde el alma*. En la portada Casanova se ve casi angelical, como un Víctor Sueiro más joven y seductor, pero embestido en la sabiduría de Marie Kondo.

La presentación está prevista para las 18.00, así que seguramente empezará cerca de las 18.30. Memo y el Mota entrarán a las 18.45. Estarán bien vestidos: insistí desde el otro día en que debían aparecer prolijos así no los echa el guardia por negritos. Entonces subirán a la planta alta. Me buscarán con la vista. Si les doy la señal —solo tengo que mirarlos y asentir— se meterán entre los libros técnicos y empezarán a prender fuego —disimuladamente— a varios ejemplares. Sonará la alarma de incendios, el fuego tomará la madera de las bibliotecas y la gente comenzará a moverse caóticamente. Entre todos ellos, y aprovechando la confusión, buscaré el bolso y me acercaré a Casanova, a quien, supongo, estarán intentando evacuar —claro, tengo que ser más rápido que él, pero yo cuento con el elemento de la sorpresa, ellos no tienen idea de lo que se viene—. Y entonces, será cuestión de vaciar el cargador sobre el escritor que entiende como nadie a las mujeres. Dejarle tantos agujeros como libros ha vendido. Pobre Casanova. Habría sido un buen hombre si hubiera tenío a alguien cerca que le disparara cada minuto de su vida.

Bajo nuevamente y me cruzo con un vendedor alto con cara de buenoide. Miro su placa: se llama Luis. Se me ocurre hacerle una pregunta cuando veo que me pasa de largo al identificar a dos clientas voluptuosas. Así estamos. Me pierdo entre los *bestsellers*: Dan Brown, K. N. Dixon, el sueco de la trilogía, el de las pasiones *tóxicas* y los amigos *tóxicos* y un tal Eugenides (¿este quién carajo es? ¿Cómo puede ser un *bestseller* un tipo con ese nombre?). Hay un libro de un tal Coetzee titulado *Diario de un mal año*. Y ahí está Andrés Casanova.

No. En serio.

Está ahí.

No en las mesas de *bestsellers*, está ahí, parado, mirándome.

De repente no sé qué hacer.

Casanova se acerca.

—¿Plano? ¿Danielito Plano? —me dice con una expresión amable. Es más alto que yo, me mira encorvado, como si quisiera estar a la altura de mis ojos.

—Sí —digo, y mi voz temblequea. Estoy perdido. No calculé esta posibilidad. No tengo la .38. Algo va a pasar. Algo va a salir mal. Estoy jodido.

—¡Daniel, viejo! —dice y abre los brazos, sonriente. Me doy cuenta, como si todo transcurriera en cámara lenta, de que me va a abrazar, y en efecto, eso hace.

Mi frente segrega un líquido aceitoso y pesado. Cuando nos separamos me mira y entonces se le ocurre:

—¿Te acordás de mí, no?

Respiro. Tengo que controlarme.

—Andrés... —Y me seco la frente con la manga de mi abrigo—. No lo puedo creer.

—¡Pero! ¡Qué gusto verte, Daniel! ¿Sabés que justo hoy presento un libro acá?

—¿En serio?

—¡Sí! ¡Claro! —Y de repente, como si le cayera del cielo—: ¡Venite! Es a las seis de la tarde, en el piso de arriba. Venite que te regalo un libro, viejo.

Me mira como si realmente me recordara con afecto.

—Bueno, sí, no habría problema...

—Pero... a ver... ¿qué hora es? ¿Tenés reloj? —Y antes de que pueda mirar mi reloj, saca su celular—. Las cinco y cuarto. ¿Sabés qué? En realidad, tengo que hacer tiempo hasta la hora... ¿por qué no nos vamos a un café por acá, charlamos un rato, me contás un poco de tu vida?

Siento que me voy a desmayar. Busco una excusa rápido en mi cabeza.

—Dale, vamos. Acá a la vuelta hay un barcito con onda. Yo invito. —Nos ponemos en camino—. ¡Daniel... carajo, lo que es la vida, venir a encontrarte justo hoy!

Estamos en el bar, un bar, no pude jamás ver el nombre; no pedimos un menú, Casanova directamente me pregunta si estoy de ánimo para una cerveza. Nuestra mesa no da a la ventana, está en una esquina. Al salir de la librería tuve que sacar el bolso. Ahora tengo el fierro acá, conmigo.

—Ey, Daniel... te veo callado. Contame algo de vos.

Sonrío para empatarle.

—No tengo mucho que contar... Bueno, ya que estamos, puedo decir que mi esposa adoraba tus libros.

—¿En serio? ¿Y qué pasó, después mejoró el gusto? —Bromea con desparpajo.

—No. Después se murió.

Casanova acusa el impacto. Se queda duro, la expresión se le congela. El pelo, rubio entrecano, pierde docilidad.

—Mil disculpas, Daniel.

—Cómo ibas a saber.

Casanova no se recupera. Como si significara algo para él. Una mujer que murió. Pasa todos los días. El mozo se acerca y deja una Stella Artois y dos vasos sobre la mesa. Me sirvo. Le sirvo. Por un momento siento que tengo el control otra vez.

—¿Brindamos?

Casanova me mira, queriendo buscar una expresión amable, pero el pobre infeliz parece verdaderamente apenado.

—Brindemos por tu libro, Casanova, que sigan los éxitos. Que tengas la presentación que te merecés esta tarde.

Levanta su vaso sin estar muy convencido.

—Llamame Andrés, che. ¿Somos amigos o qué?

Le sonrío.

—¿Sabés? Anita tenía varios de tus libros. Te soy sincero, yo no los leía, no te ofendas.

Andrés recupera la gesticulación. Asiente con deferencia.

—Tampoco era mi plan escribir estos libros el resto de mi vida, Danielito. Pero con el tiempo uno descubre que con los libros también vende su nombre. Andrés Casanova ya está grabado en el mercado, en la cabeza de la gente; les gusta, no les gusta, pero escribe libros para mujeres postergadas. La editorial, por empezar, ni siquiera me publicaría otra cosa: diría que mi *target market* ya está establecido, que no genere confusión.

—Supongo que si mi esposa estuviese viva, ella te diría que

tus libros la ayudaron.

Andrés me sonríe. Destila empatía, maldito embustero.

—¿Y vos? Estabas con todo eso de la arquitectura, ¿no?

—Sí. Laburo... bah, laburé casi toda mi vida adulta de eso. Pero lo que realmente me gusta es pintar.

—¿Pintás? ¡Qué bueno! Claro, si vos siempre dibujaste...

—Sí, bueno. Pinto con acrílicos. Hice algunas exposiciones... Bueno, a Anita, justamente, la conocí en una exposición.

Andrés abre los ojos, motivado.

—Te debía admirar mucho.

Ahí está. La puñalada. Cuando me había descuidado, cuando había bajado un poco la guardia, Casanova me la da de lleno. Tomo de la cerveza para pasar el silencio. Finalmente digo, casi por lo bajo:

—No. A vos te admiraba, Andrés. Mis cuadros le gustaban, al principio se entusiasmaba, quería ver todo lo que hacía. Pero eso pasó. Todo pasa, fue un matrimonio de diez años. Y sin embargo, a vos te admiró desde que nació Martín hasta el día de su muerte.

Andrés me mira, desconcertado. Le entra a su cerveza también y luego pierde la vista en algún punto lejano.

—Siempre se admira a la gente que está lejos, Daniel. ¿Mi exmujer? No leyó uno solo de mis libros. Ni uno. Pero yo era su marido, era Papi cuando están los chicos. Si fuera por mí, ojalá todos leyeran a Borges, a Proust, al *fucking* James Joyce. Pero no puedo cambiar el gusto o el interés de la masa popular. Lo que sí puedo, a veces, es hacerlos sentir mejor. Y si puedo ayudar a que la gente sea más feliz, Daniel... si puedo ayudar a que no vivan angustiados...

—Ayudame a mí, entonces, Andrés. Ayudame a mí, porque te juro que no vas a encontrar a alguien más jodido en esta puta ciudad. —Y el muy hijo de puta me tiene lagrimeando, no sé por qué. Todo se vuelve líquido. ¿Le estoy pidiendo ayuda a mi enemigo íntimo? ¿Estoy a punto de revelarle todo? ¿De traicionarme por un abrazo?

—Daniel... Contame. ¿Qué te pasa, hermano? —Y extiende

un brazo que palmea mi hombro izquierdo por encima de la mesa.

Le cuento, como puedo, la historia de la muerte de Anita y lo que pasó con Martín.

—¿Vos sabés lo que es llegar al punto de desear, Andrés, desear, que aparezca el cuerpo de tu hijo para poder terminar con la angustia?

Y estoy llorando. Sobre la mesa, sin desparramarme, pero incapaz de cerrar las compuertas. Con la congestión no puedo hablar... y necesito volver a ponerme en pie, retomar el control.

—Lo siento muchísimo, Daniel. De verdad. Es terrible lo que te pasó. Yo apenas puedo imaginarlo, ni hablar de entenderlo. Pero tenés toda una vida por delante. Vas a salir, viejo, va a llevar tiempo, pero vas a salir, vas a ver.

Le sonrió lleno de cinismo y mocos.

—Tengo un aneurisma inoperable, Andrés. No tengo tiempo. En cualquier momento me puede estallar literalmente la cabeza.

Andrés se echa atrás, contra el respaldo de la silla. Resopla. Está jaqueado en su buena fe, en su intención de ayudar sin mirar a quién. Ahora te quiero ver, Andresito. Decime que la vida es maravillosa. Inyectame tu optimismo mágico.

—Ya está, Andrés. No me angustia saber que me voy a morir. Es una liberación. Te lo juro. A nadie le importa nada. La empatía, Andrés, no existe. Te juro que no existe. Mirá alrededor y decime que me equivoco.

Andrés me mira los ojos y noto que él también los tiene vidriosos. ¿Siente pena por mí? ¿Va a dejar correr una de sus preciosas lágrimas por el tipo que en un rato lo va a quemar?

—Yo sé lo que vos decís, Daniel. Yo no niego que el mundo es un lugar oscuro. Pero creo que es un proceso, parte de la evolución. Hace dos mil años, apedreaban a los hombres por su religión. En la Edad Media quemaban vivos a los científicos. Hace sesenta años Estados Unidos tiró dos bombas nucleares. Y acá estamos hoy. Con más conciencia de que necesitamos un desarme. Cada vez son más los que piden por la paz, por los que no tienen. El mundo es como un organismo vivo, Daniel. Yo creo en la naturaleza del hombre. Yo creo que la conciencia y la empatía recién comienzan a despertar en el corazón de la gente. Y va a ser un largo camino hasta que sea la fuerza dominante.

—Sos un idealista.

—Y vos un fatalista. Pero podemos tomarnos una cerveza y ser amigos. ¿Qué te dice eso?

Me soplo los mocos. Ya no lloro, ni me tiembla la voz. Soy un fatalista, Andrés, es verdad. Tengo una pistola con nueve balas que llevan tu nombre. ¿Qué dirías entonces acerca de la empatía en el siglo XXI?

—¿Sabés algo, Andrés?

—No, ¿qué cosa?

—Yo no soy así porque tengo un aneurisma, porque se murió Anita, o por lo que pasó con Martín. Al principio yo quería creer que la vida me había golpeado tanto que era lógico, que tenía derecho a sentir asco por lo que veo, por la gente, y todo eso. Pero en el fondo, Andrés, en el fondo yo siempre fui así. Lo único que cambió es que antes hacía lo posible por ocultarlo. Pero nunca fui un buen tipo, Andrés.

Me dedica una expresión compasiva. Para peor, estoy seguro de que lo hace con genuino interés.

—Daniel, yo te conozco. Te conocí cuando éramos pibes. Es verdad que siempre fuiste raro, callado, pero eras buen tipo. Por algo todos te queríamos. Y digas lo que digas, decime si no viviste mil momentos valiosos con tu mujer, con tu hijo.

—Sí, sí, pero…

—Daniel… Daniel, nadie es una sola cosa todo el tiempo. Todos tenemos nuestros dobleces y todos hacemos algo noble alguna vez. El dictador no deja de acariciar a su hijo. Y también hay sacerdotes que abusan de los pibes. Yo creo que vos te sentís muy culpable, en el fondo. Creo que te sentís muy culpable de todo lo que les pasó a tu mujer y a tu hijo.

En ese momento siento la necesidad imperiosa de callar a Andrés Casanova de una puta vez. ¿Quién se cree que es para analizarme, para decirme si me siento culpable de algo? Levanto el bolso y meto una mano adentro. Mientras, respondo para desviar su atención.

—Andrés, mirá alrededor. Mirá a la ventana, allá, mirá la gente que pasa por la calle. ¿Qué ves? Estoy seguro de que vemos cosas completamente diferentes. Vos ves esperanza donde yo veo decadencia. Vos encontrás el nacimiento de la empatía donde yo veo monos con navajas.

Tomo la .38 dentro del bolso. Siento el metal frío en la palma de mi mano y cierro los ojos por un momento, disfrutando el roce.

—Pero Daniel, justamente, para eso estamos nosotros. Si sos consciente de todo eso, si sos capaz de verlo, entonces tenés la responsabilidad de luchar contra eso.

Resoplo.

—Ay, Andrés, si supieras... casi no hago otra cosa estas últimas semanas. Pero ya estoy muy cansado para seguir. Me voy a morir pronto y, la verdad, estoy tan, tan agotado.

Siento el acero. Me imagino repetidas veces sacando la pistola y descargando unos cuantos balazos de empatía y fatalismo en la cara de Andrés. Él se mueve hacia adelante. Suena su celular de última tecnología: los grandes humanistas como él no dejan de lado los lujos para ir en ayuda de los niños de Ruanda. Cuando corta la comunicación me dice:

—Ahí está la gente de la editorial. Tengo que ir, son las seis menos cinco pasadas. Pero antes te quiero decir algo. Tenés razón, Daniel. Tenés razón y te pido disculpas. Vos ya sufriste mucho, y todavía te queda un camino muy duro que transitar. Así que discúlpame. Yo nunca estuve en tu lugar, vos tenés derecho a hacer lo que quieras, y es más, tenés la obligación con vos mismo de vivir lo mejor que puedas el tiempo que te quede. Date todos los gustos, Daniel. Capricho que se te ocurra, date el gusto. Te lo merecés.

Andrés se levanta de la mesa, saca la billetera del bolsillo.

—Dejá, Andrés, yo pago.

—No, yo te dije que te invitaba. Contá conmigo si necesitás algo. Mirá, te dejo mi tarjeta. Ahí tenés mi número de casa y mi móvil. Si necesitás algo, ya sabés.

Deja un billete sobre la mesa que cubre la cuenta y una generosa propina.

Y todo se precipita. Son las 18.15. Estoy sentado en la última fila. Dos tercios de las sillas están ocupadas, principalmente por mujeres mayores de cuarenta años, cuando no directamente viejas de mierda. En un cambio de planes de último momento, subo con el bolso de mano directamente: el Seguridad de la puerta está distraído mirando a una morocha con calzas *animal print*. Mejor. Ya no puede salir mal.

Andrés llega a la mesa, acompañado de un tipo de traje que supongo de la editorial y otro tipo de más de cuarenta, menos de cincuenta, al que no conozco, pero está vestido informalmente. En la mesa, leo ahora, el tipo de traje acomoda un cartel que dice:

«CHARLA ABIERTA: ANDRÉS CASANOVA Y GUSTAVO NIELSEN»

Supongo entonces que el tipo que se parece a Robin Williams es el tal Nielsen. Se sientan los tres detrás de la mesa, enfrentando al público. Andrés Casanova toma el micrófono.

—Antes que nada, quiero agradecerles a todos por estar acá.

La charla continúa. Casanova habla de su libro, repasa el argumento lleno de luz de este nuevo *hijo*. Empiezo a sentirme débil, creo que me voy a desmayar. Pero no pierdo la conciencia, el tiempo pasa ahogado, la charla continúa en sordina, yo estoy y no estoy allí. Y entonces veo a Memo y al Mota. Acaban de subir a la planta alta. Los miro y no muevo un músculo, pero ellos deben creer que sí lo hago, porque se dirigen a los puntos estratégicos que habíamos conversado. Van a prender fuego a los libros, van a prendernos fuego a todos.

—Señor, ¿se siente bien? —me dice una mujer de repente. Está sentada a mi derecha, una fila adelante. Debe haber escuchado mi respiración pesada. Quiero decirle que sí, pero niego con la cabeza. La mujer me mira, preocupada. No es joven, no es vieja, unos años más que yo. Entonces deja de mirarme. Su expresión se derrite delante de mis ojos. Sé lo que voy a ver antes de darme vuelta.

Los libros arden en cuatro puntos diferentes de las estanterías. El fuego va pasando de tomo en tomo en cuestión de pocos segundos. La charla se detiene. El tipo de seguridad ha subido, demasiado rápido, y se encuentra frente a Memo y el Mota. Hay gritos, hay movimiento a mi alrededor. El guardia toma del brazo a Memo, tironea, pero Memo se resiste y en el forcejeo cae al piso. Casanova se levanta de su silla. Nielsen mira horrorizado. Del tipo de la editorial no hay rastro. Entonces recupero mis fuerzas. Abro el bolso y saco la pistola. Me paro, apunto, y apretó el gatillo, una, dos, tres, cuatro, cinco, seis, siete veces. Solo dos tiros dan en el blanco y es suficiente para que el mono de seguridad caiga ensangrentado contra una de las bibliotecas, que luego se le viene encima. De casualidad, Memo se revisa y está intacto. Vuelvo a mirar a Casanova, una última vez: el sobresalto lo ha dejado inerte. Nielsen, a su lado, carcajea de puro miedo.

Entonces me apuro: fierro en mano, me acerco donde el fuego se expande. Memo ya se ha levantado. El Mota se adelanta y baja las escaleras. Memo y yo vamos detrás. Bajamos mientras sentimos el calor en sentido contrario. Nos abrimos paso entre la multitud asustada, que se mueve sin lógica, como hormigas sin hormiguero, y logramos llegar a la puerta. Saco mi billetera y se la doy a Memo. Le digo la clave y le grito que corra. Tarda en reaccionar, la gente nos empuja, de uno y otro lado, una mujer grita *¡ese hombre tiene un arma, ese hombre tiene un arma!*, y la multitud se come su voz con el griterío general. Llega la policía. El primer impulso de Memo es correr con mi billetera en la mano. Otros oficiales intentan acordonar el incendio mientras las viejas siguen escapando en todas direcciones. Me doy cuenta de que si me detengo voy a perder mi única oportunidad de escapar. Así que sigo. Sigo de largo. Corro como si me persiguiera el Diablo. Detrás, los gritos, el infierno, incluso un disparo, pero no me animo a mirar. Giro en la esquina y sigo corriendo. Los colectivos son autómatas asesinos en las calles, el clima de la ciudad está completamente alterado.

Anita me mira y no entiende; *tengo un aneurisma, Anita. Inoperable; me puedo morir en cualquier momento*; Anita llora, pero más que dolor, crece la angustia: *¿Cómo no me lo dijiste antes?* El camión autobomba viene de frente, a toda velocidad y dos autos chocan por darle el paso. Se bajan los conductores y empiezan a golpearse. Martín nos mira, entiende que algo malo, muy malo, me pasa, entiende todo sin poder procesarlo completamente. Ve a su madre llorar, ve a su madre agitarse y buscar la guía telefónica. Tenemos que buscar una segunda opinión, balbucea, y yo le saco la guía de las manos. Los pulmones me queman, pero sigo corriendo por las calles mientras termina de hacerse de noche. Anita agarra su celular, pero yo le grito que deje el teléfono ¡Por favor! Necesito que acepte lo que yo ya acepté, pero ella dice que no se va a dejar vencer así nomás, y entonces, desafiando toda lógica, abre la puerta de casa y sale corriendo. ¿Adónde vas?, le grito con su celular en mi mano. Reacciono y salgo a buscar a Anita. Llevo la .38 en la mano, lo había olvidado. Por eso la gente se corre al verme, se tira al piso o entra a los locales, desesperada. Deben verme como una amenaza, un asesino. Yo solo quiero llegar a casa y ver a Bobo una vez más. Anita cruza la avenida doble mano mirando a un lado, luego a otro, pero en su rapto de locura no ve el auto del tipo que maneja mientras habla por teléfono. *De repente, una cacerola.* Lo veo yo, y grito, le grito a Anita, ¡cuidado, el auto!, grito pero el grito no llega antes que el impacto y Anita rueda por sobre el techo del vehículo, cae al suelo, rebota mínimamente en el asfalto y da un par de vueltas sobre sí. Llego hacia ella mientras el tipo frena a unos metros y se baja. Martín sale de la casa y empieza a caminar hacia nosotros. ¡Quedate ahí!, le grito: no quiero que vea el cuerpo roto de su madre, ¡Quedate ahí, Martín! Pero Martín sigue acercándose. Empiezo a alejarme de las muchedumbres. El ruido de las sirenas ya se escucha distante, se diluye hasta desaparecer. Ya no puedo correr más, pero no puedo detenerme tampoco. Es un milagro que no me hayan atropellado. Doy vuelta a otra esquina. Estoy a dos cuadras de casa. ¡Martín, la puta madre, salí de acá!, le grito cuando lo veo ya a pocos metros, con la expresión sin forma, habiendo visto algo de todo eso que yo no quería que viera. ¡Llévenselo!, grito, ¡sáquenlo de acá, por favor!, mientras lloro y moqueo, y los vecinos que se han reunido alrededor hablan entre sí. Marta, una mujer que vive en frente se acerca a Martincito y lo lleva en dirección a la puerta de casa. Otro sigue intentando con la ambulancia. Recién entonces entiendo que Anita agoniza, agoniza para morir definitivamente en esa calle infame, y grito algo que es su nombre pero suena a cualquier otra cosa, y desespero, y acaricio frenéticamente su cara ensangrentada. Cuando me detengo frente a la puerta de casa siento que voy a caer muerto, que el freno me ha puesto al borde del paro cardíaco. Sin embargo, giro el pomo y abro la puerta. Bobo me mira, se levanta, se acerca. Corro al baño y llego justo para vomitar sobre el lavatorio. La ambulancia llega y los dos médicos me piden que les dé espacio, que suelte a Anita, pero no lo hago, no entiendo razones ya y me la terminan quitando por la fuerza. La suben a una camilla y se preparan para entrarla a la ambulancia cuando veo en la expresión de uno de los dos lo inaceptable. Lo que yo ya sé, pero no puedo consentir. No. No. Y me tropiezo cuando quiero abalanzarme sobre la camilla. Caigo y me golpeo. La gente murmura. Deciden subirla igual a la ambulancia y yo me aferro a Anita. Me sale sangre de algún lado, creo que de la cara, pero no sé de donde ni me importa. Tampoco sé cómo, pero logro subir con ellos y salir camino al hospital. Prendo la computadora y voy a la cocina. ¡Bobo!, grito, ¡Bobo! Y como si supiera lo que va a pasar, el perro no aparece. Repito su nombre y chiflo, hasta que asoma detrás de un sillón. Le digo que venga, y entonces le acaricio la cabeza. No es justo que se quede triste y solo en este mundo, eso lo sé y es mi responsabilidad hacer algo al respecto. Entonces le pongo la .38 contra el cuerpo y apretó el gatillo. En el hospital me dejan esperando, me ofrecen atención médica por mi propia herida, me dicen que no es grave pero que se puede infectar, no me importa, no los oigo. Solo espero por Anita. Pero Anita ya nunca sale de esa sala, no con vida. Anita ha muerto, adiós Anita, no pudo hacerse nada. Empiezo a llorar desconsolado y uno de los doctores me pone literalmente el hombro para que me deshaga allí. Bobo emite un último aullido, tal vez más dolido por la traición que por la vida que se le escapa. Entonces vuelvo a mi estudio. Miro la tarjeta de Casanova y pienso que sería la mejor broma del mundo escribirle un mail antes de matarme, pero por supuesto, Andrés lo leería con compasión y eso es lo último que quiero. Cuando vuelvo a casa, la puerta está abierta de par en par. Adentro no hay nadie. Bobo duerme sobre el sofá y le grito por Martín, como si el perro pudiera contestarme. Pero Martín no está. Subo, bajo, paso de una habitación a la otra, baño, cocina. No hay huella de Martincito. Salgo, intento recordar qué vecina era, cuál es el timbre de Marta. No, usted no. Hola, sí, señora. Y Marta finalmente aparece. ¿Martincito? Lo dejé en su casa. ¿Y no se quedó con él? Y la mujer me mira sin entender por qué debería haberlo hecho. Bobo ya no gime. Bobo ya no aúlla. El silencio sepulcral inunda la casa. Cae la noche y Martín no aparece. La policía esta vez me escucha porque tengo a medio vecindario respaldando mi búsqueda. Me piden una foto, me dicen que lo van a encontrar. Lo mejor es que espere en casa por si vuelve. Regreso entonces y paso la noche más larga de mi vida en vela, agotado, partido, llorando de a ratos y ya sobre la madrugada entrando y saliendo del sueño, siempre con el teléfono en una mano y el celular en la otra. Ya no queda más que contar. La pistola descansa a un costado. No me queda más que animarme a apretar ese gatillo que no supe apretar cuando mi primer perro se volvía loco de rabia. Me saco los zapatos (los pies me arden todavía por la corrida), me acomodo en mi sillón preferido. Y este es el momento. Al fin sabré qué tipo de pensamientos tiene un hombre en el momento exacto en el que el frío acero de una bala atraviesa su cerebro. Espero que sea como un gran Big Bang, y lo último que pienso ahora es que tal vez nuestros cerebros sean constelaciones atrapadas, cada uno de ellos un universo en miniatura, donde también existe la vida, así como nosotros habitamos un cosmos que tal vez no sea otra cosa que la materia gris de un Dios inocente de todo designio.

Segundo segmento:

Mayday

Dirigido por Salvador Luis

Duración: 14 minutos

Porque eres una parte de mí
No un *aparte* de mí

MIKE PATTON

1

Imagina, Kyle, que lo primero que ves al entrar esa mañana en la cocina es un chocolate con forma de corazón. Su aspecto, sin embargo, no es alegórico, como es común y corriente en las tarjetas que se obsequian las parejas o los amigos una vez al año, o como aquellos corazones que alguien talla en un tronco con una navaja, corazones que hacen perdurar en un árbol un amor de secundaria destinado a morir con el tiempo o un lazo prohibido entre hermanos biológicos. El corazón que ves delante de ti es en realidad la representación exacta del órgano muscular de un primate: el corazón de un *homo sapiens* adulto, con los rasgos geométricos de las venas cavas y la notoria ondulación de la aorta:

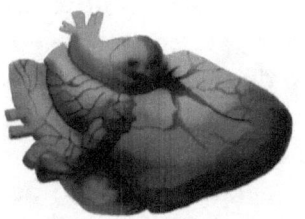

Ahora imagina que das unos cuantos pasos prudentes y observas el corazón de chocolate desde la ubicación del lavadero, tratando de recordar si cometiste el mínimo descuido la noche anterior: si has olvidado borrar detalles que te conectan sin querer con determinadas circunstancias o determinado cadáver. Puedes escuchar la voz de aquel corazón de chocolate latiendo en tus orejas, como si el efecto sonoro se desatara desde unos altoparlantes que claramente no existen a tu alrededor ni en otras partes de la casa que habitas. Miedo no es la palabra adecuada para describir tu estado interior en este momento. Tú no sientes *miedo*, Kyle, y nunca has sido capaz de entender de manera absoluta aquella emoción. Los latidos que escuchas son tan solo la manifestación de un saludo psíquico que percibes desde la niñez, un signo de la iniciación de la mañana. Lo que hasta cierto punto te parece grotesco, en cambio, es que tu esposa tenga un sexto sentido tan ridículamente confabulado con los eventos más clandestinos de tu vida, y que además sea incapaz de darse cuenta de sus peculiares habilidades mentales a la hora de acomodar la mesa para sorprenderte con un corazón de chocolate. Cada par de semanas se repiten las conexiones y las secuencias de actos «fortuitos» de parte de ella. Te parece risible que Molly no pueda notarlo, conectar los puntos, pillarte con las manos en la masa después del caos de las horas anteriores, cuando el día está por empezar. Lo cierto es que el mundo funciona de cierta manera y bajo condiciones insospechadas, Kyle. La caída azarosa de copos de nieve, sin ir muy lejos, o la manera en que alguien rebana legumbres antes de preparar un extracto en el procesador de jugos; todo gravita no necesariamente en aquello que solemos denominar armonías o conciertos, sino en acciones y en reacciones caóticamente irregulares, perfectamente espontáneas. Tomemos, por ejemplo, el grupo de elementos presentados ante ti el día de hoy, parte de un orden que parece pertenecer a la simple tradición doméstica, pero que en realidad cumple un objetivo ritual más eminente y poderoso dentro del marco de la irregularidad y la asimetría de este universo de ficción. El lugar preciso del corazón de chocolate sobre la mesa, Kyle, descansando en un plato de consomé, pues eso es el caos; la cucharilla y la taza de porcelana, al lado del corazón, en aparente concordia hogareña, sin duda también es el caos; la servilleta de tela color vino tinto y la nota escrita por Molly, doblada por la mitad: «*Feliz día de San Valentín, dormilón. Hoy tengo pacientes hasta las 4 de la tarde pero vendré directo a casa después de la reunión con el contador de la clínica. Más vale que me guardes un mordisco de chocolate o…*» (el caos omnipresente, claro que sí). Absolutamente todo, a decir verdad, tiene un orden establecido por la sublime indeterminación de la incoherencia y el desconcierto. Lo entiendes así, e imaginas que abres la llave del agua caliente para lanzar el corazón de chocolate a las profundidades del lavadero. Por un par de minutos lo observas derretirse, convertirse poco a poco en una plasta sin forma, hasta que solo queda un delgado hilo color pardo y un remolino hacia las alcantarillas y los colectores de agua de esta digna y sobrevalorada megalópolis: la implacable ciudad-región de la maravilla, la implacable ciudad-región de lo sensible, la implacable ciudad-región del insospechado monstruo social.

Ahora imagina que después de derretir el corazón de chocolate, el olor de un cuerpo indecente y grasiento ingresa en tus fosas nasales, Kyle. Un hombre vagabundo se retuerce en tu cabeza, apesta a basura y a excrementos y trata de zafarse de tus brazos a como dé lugar. Le susurras algo que los espectadores no pueden oír, algo que tú también desconoces, porque en el fondo es una invención mía, y el vagabundo, por supuesto, no entiende nada de lo que sucede, solamente puede ceder y debilitarse gradualmente, vienen y van los forcejeos grumosos en la noche, la torpeza muscular: su cuerpo es imperfecto y grosero, como un muñeco de argamasa, y en algún momento se hace bastante obvio que eres más fuerte que él, y que además defiendes convicciones que el vagabundo jamás ha poseído. Todo esto se manifiesta en tu cabeza, claro está, pero Molly no lo sabe, tu esposa no imagina nada de lo que te sucede a diario, y por eso te ha obsequiado un corazón de chocolate un día después de tu nueva aventura nocturna, y lo ha colocado caótica y aleatoriamente sobre la mesa de la cocina. Imagínalo así.

Ahora bien:
El punto es el siguiente: no sentir (como los demás aseveran ser capaces de sentir) te da cierta anormalidad entrañable, una manera diferente de pensar la vida y sus efectos efímeros o imperecederos. Es obvio que para ti, en todas las situaciones, aquel animalejo imaginado de la física cuántica (un hámster,

una jirafa, podría tratarse de un cachalote también) está siempre muerto: eternamente muerto. Así de sencillo. Aquel experimento de la física tiene solamente un resultado posible, y el resultado constante es el fin de la vida del animal. El hámster no tiene otra opción que morir en un baúl: el gas venenoso se desintegra en el aire en unos pocos segundos y la jirafa muere encerrada, una y otra vez, diez veces, veinte veces, miles de veces, infinitas veces. Abres y cierras el baúl y el cachalote no sobrevive al experimento. No hay otros eventos posibles ni realidades alternativas. La realidad, en realidad, es la muerte eterna del pigmeo bajo la única condición de la muerte. Imagínalo de este modo:

el animalejo:

el hámster,

la jirafa,

el cachalote

o el pigmeo

cumplen el mismo propósito simbólico a pesar de aludir a distintos signos lingüísticos,

son solo piezas en esta burda ficción,

y están siempre muertos, porque en tu imaginación todo sucede de esa única y caótica manera.

Lo sé. Sé que dirás que aquellos son mundos alternativos, Kyle, que un hámster no es un cachalote ni un pigmeo es una jirafa, y que el baúl cambia de acuerdo al elemento colocado dentro de él, pero eso es irrelevante. Esta historia se cuenta a través de lo que imaginas según lo que te pido que imagines, de acuerdo a acotaciones espontáneas y numerosas arbitrariedades. En otras palabras, tú no tienes ningún control sobre las cosas que suceden y nunca podrás ejercer tu propia voluntad porque tan solo eres un simple actante, aunque reconstruyéramos este mundo cientos de veces y cientos de veces empezáramos otra vez. El caos de la palabra inventada rige tus pensamientos y conduce este relato como sucede en una novela de Iain Banks o un libro de Bret Easton Ellis, y todo lo que piensas, más allá de lo que la ficción te condicione a imaginar en los siguientes minutos, no tiene importancia alguna, es, nuevamente lo digo, irrelevante para los fines de esta secuencia. Eres un simple instrumento, una pieza que mueve otra pieza. Imagínalo así.

Ahora bien:

Aquí es cuando damos inicio a la verdadera ficción, el relato que sabrás cuidar, porque todo lo anterior no ha sido nada más que un preámbulo, un exordio, tonto tal vez, absurdo tal vez (aunque bajo la tutela de la anarquía, ¿qué otra cosa podría esperarse?), pero exordio al fin y al cabo. Ahora es cuando empieza la historia:

Ahora es cuando imaginas:

Ahora por favor di «Yo»,

porque «Yo» es la palabra clave.

Di «Yo soy la palabra»:

Di «Yo soy la palabra que nunca se agota»:

Di «Yo soy la palabra que nunca se agota y te cercena el cuello.»

Empecemos, entonces, por el principio.

Podría ser de este modo:

«Justo cuando pensó que ya no se encontraba en la habitación, Ali advirtió que aún permanecía ahí, desencajada. Había perdido los signos naturales y las pulsaciones, pero continuaba en aquel cuarto de motel, sintiendo, extrañamente, el mismo miedo y la misma aprensión, a pesar de que podía observarse en la postura en la que algunos cuerpos estrangulados se hunden, como muñecos de trapo o prendas mojadas, tendida a los pies de un hombre que acababa de sujetarla del cuello con un cordel. Ahora Ali Nyland no era más que un ojo en el cielo raso del cuarto, un plano cenital nervioso, y fijaba la vista en una persona de pelo enmarañado que se quitaba la camisa de franela y las botas de punta redonda.

¿Por qué lo dejé entrar?, se preguntó.»

Ali Nyland. Sí, de ella se trata esta historia. Apúntalo.

Recuerda a Ali Nyland mientras dure este relato.

Imagínalo así:

Imagina que cuando Ali Nyland pensó que ya no se encontraba en el cuarto, advirtió de pronto que aún permanecía ahí, desencajada. Había perdido los signos vitales y las pulsaciones, pero continuaba en esa habitación de motel, sintiendo el mismo miedo y la misma aprensión de minutos atrás, a pesar de que podía observarse en la postura en la que algunos cuerpos estrangulados se hunden, como muñecos de trapo o prendas mojadas, tendida a los pies de un hombre que acababa de sujetarla del cuello con un cordel (tú, desde luego, eres ese hombre, Kyle, es bastante obvio). Ahora Ali Nyland no es más que un ojo en el cielo raso del cuarto, un plano cenital, y fija la vista en tu pelo enmarañado mientras te quitas la camisa de franela y las botas.

La siguiente escena podría plantearse de dos modos (en realidad, podría plantearse de muchas maneras, infinitas maneras, pero hoy he escogido solamente dos vías de acceso). La primera vía es un relato desde el punto de vista de Ali Nyland: Ali Nyland cuenta su historia, no toda su historia, claro está, solamente parte de su historia, que a la vez es una historia dentro de otra gran historia, un relato enmarcado, dirían algunos; la segunda vía, valga la mención, es un relato desde tu punto de vista, Kyle, y el narrador, evidentemente, eres tú. Esta segunda vía, no obstante, se encuentra cerrada, al menos por el momento. No me queda claro todavía si vale la pena contar esa historia a través de ti (o a través de esa esencia ficcional que representas, ya que en el fondo eres igual de artificial que yo como narrador). Lo cierto es que es un poco aburrido alentarte a imaginar (es aburrido para mí, al menos), y por el momento no me interesa en absoluto tu punto de vista. Digamos que me has cansado. Digamos que me has aburrido temporalmente. Las cosas son de cierto modo. Las cosas simplemente suceden, ¿sabes? Ali Nyland, por el contrario, es más importante para mí en estos instantes: ella es una víctima de las circunstancias, pero ahora también, debido a aquella siniestra metamorfosis que nadie se ha tomado la molestia de explicar, es un ojo nervioso en el cielo raso, y no conozco muchos relatos que elijan un sedero similar a este, porque aquel ojo en el cielo raso se convertirá a partir de este momento en una *no vida*, una *no vida* que tratará de entender la existencia, una *no vida* que tratará de comprender la desgracia de la existencia, una *no vida* que tratara de asir el porqué del repentino abandono de su cuerpo en medio de la desgracia y el caos de la existencia.

Ahora bien:
La conciencia de Ali fluye de este modo:
La conciencia de Ali Nyland fluye así:
Esta es una historia que no entiendo. Seguramente será una historia que nunca llegaré a comprender, jamás por completo, con la tranquilidad de saberme segura de cada minúsculo detalle. Yo soy... Yo soy un ojo, un punto de vista en el cielo raso y un plano cenital. Y lo soy desde hace solamente unos cuantos minutos, cuando desperté (¿desperté es la palabra correcta?). Soy la mujer que habla mientras observa su cuerpo tendido en el suelo de una habitación de motel, pero no sé si aún soy una mujer, aunque creo que lo soy. Podría decir que ya no existo como «mujer», al menos no como lo propone el concepto tradicional de «mujer». Podría decir que soy quien murió estrangulada en este cuarto repetitivo, este cuarto tan pequeño y tan simple, este cuarto que se asemeja a todos los cuartos de motel del mundo, pero no sería correcto decirlo de esa manera. No sería correcto decirlo así. Porque es evidente que no puedo negar lo obvio, lo irrebatible, y lo obvio y lo irrebatible en estos momentos es que no estoy muerta. Me llamo Ali Nyland y soy un ojo en el cielo raso. Me llamo Ali Nyland y acabo de ser asesinada (¿por qué yo?). Acabo de pasar de mi cuerpo, del tegumento y los órganos, a esta entidad desnaturalizada y flotante que ahora se siente segura en el cielo raso, que solo puede observar como un ojo nebuloso, que solo puede pensar como una conciencia enredada en el éter, que solo puede preguntarse por qué continúa aquí, como una fantasmagoría ilusa y escéptica, después de ser estrangulada dentro de un cuarto de motel.

Pero yo no estoy muerta. He perdido el cuerpo y la carne que me protegía, y sin embargo sé que continúo viviendo, y seguiré llamándome Ali. Seguiré llamándome Ali porque siempre he llevado ese nombre, porque no me reconozco de otro modo, porque para los demás, para quienes no eran Ali Nyland, yo siempre fui Ali Nyland (es la identidad que me dieron al nacer): una estudiante sobresaliente, una profesora de historia del arte, una estadounidense con apellido escandinavo que tiene un romance con su profesión; una estadounidense de pelo castaño y una espalda muy angosta, distinta de las espaldas de mis padres, porque el azar biológico lo quiso así, porque recibí en herencia el cuerpo pequeño de mi atípica bisabuela noruega, Oliwia. Su vivo retrato, ese soy yo: Ali, muerta pero viva de alguna forma, aquí, en el cielo raso, mientras observo y pienso en el ser y en la nada, mientras el hombre que me estranguló con un cordel toma mi antiguo cuerpo de los brazos, la primera Ali Nyland, y lo arrastra hasta una cortina de plástico que ha arrancado de la ducha, una cortina de plástico que ha puesto sobre la alfombra de esta habitación de motel, esta pequeña y poco acogedora habitación de motel, esta profana y pequeña habitación de motel construida posiblemente en 1976, o quizás en 1979, donde observo cómo un desconocido amortaja mi excuerpo con una cortina de plástico que parece un día de alcohol de Francis Picabia, o un mal sueño de Francis Picabia, o aquello que Francis Picabia presumía que era arte; un plástico mojado y claramente fuera de sí, como fuera de sí está este día del mes de marzo, y este hombre que llegó a mi vida en el mes de marzo, a quien cometí el error de abrirle la puerta después de haberme dado una ducha: *¿Por qué le di la oportunidad de entrar?* No lo sé. *¿Por qué yo?* Tampoco lo sé.

Me dijo que necesitaba usar el teléfono con urgencia, que el suyo se había averiado. Yo estaba en pijama, acababa de tomar un baño y solo quería descansar. Pero era cierto que la oficina del motel se hallaba lejos, que había que bajar escaleras y cruzar un estacionamiento y que era más fácil tocar la puerta de un huésped vecino y pedirle un favor. Creo que eso fue lo que sucedió. Creo que fue de ese modo. Creo que esa es la historia del hombre y de cómo entró en mi habitación cuando me disponía a descansar. Lo creo así porque hay una voz, me parece oír una voz cada vez que pienso, una voz que me dice que las cosas sucedieron de esa manera, una voz que me guía y me incita a ver las cosas de esa manera, como si me pidiera que imagine la autenticidad de los sucesos y la verdad de las cosas. Y la verdad es esa. El hombre entró porque necesitaba usar el teléfono para llamar a la oficina del motel y pedirle al recepcionista que por favor solucionaran el problema de su teléfono, para que estuvieran al tanto, y porque necesitaba con urgencia hacer una llamada a su esposa. Él viajaba, me dijo. Él viajaba y quería decirle a su esposa que todo andaba bien, porque había perdido su teléfono móvil en un restaurante de carretera, lo había olvidado en una mesa de un restaurante de carretera, pero quería que ella supiera que todo andaba bien, quería que supiera que se encontraba hospedado en un motel, en aquel repetitivo motel, y que pronto volvería a casa.

Le dije que me esperara un momento. No quería que entrara en mi habitación. Yo solo deseaba dormir, descansar del largo viaje, tomar el vuelo de regreso a casa un día después. No fue mi plan pasar la noche en ese motel. Todo sucedió así por culpa de la nieve. Cuando la nieve cae en grandes proporciones en una ciudad que no está acostumbrada a ella, los aeropuertos colapsan, los pasajeros se quedan varados, los hoteles dejan de tener vacantes, los taxis no llegan a su destino porque sus choferes prefieren evitar las carreteras y se quedan en casa. Cuando la nieve cae en grandes proporciones en una ciudad que no está acostumbrada a ella, las personas como yo recurren a las salidas de emergencia, a las guías telefónicas en línea que anuncian servicios para pasajeros varados, compañías de taxis secretas, conductores de ultratumba, moteles escurridizos, obscuros, que parecen existir en otro plano dimensional, en un *no lugar* y en una *no Tierra*, moteles donde las personas de espalda angosta como yo dejan de respirar y se convierten de pronto en un ojo flotante, pensativo, un punto de vista en el cielo raso.

No fue mi plan pasar la noche en el motel. Pero el hombre estaba ahí, pidiéndome aquel favor, el teléfono, la llamada a su esposa. Y yo le dije que no se preocupara, que me diera un minuto, que le alcanzaría mi teléfono móvil, que esperara ahí, afuera, que solo tardaría un minuto en alcanzarle mi teléfono. Y él asintió.

Pero mientras lo hacía, cuando caminaba hasta la mesa de noche donde había dejado el teléfono, escuché de pronto el ruido de sus pisadas, la brusquedad sobre la alfombra, y de repente un brazo más voluminoso que el mío me tomó de la cintura, y de repente una mano oprimió mi rostro con mucha fuerza, y yo no podía quebrar esa opresión, no podía girar la cabeza, intentar soltarme, porque en ese momento era más pequeña de lo habitual, mi cuerpo era mucho más pequeño de lo habitual, y de pronto dejé de reconocerme y de entenderme en ese caos de extremidades y quejidos sometidos. Y su voz ya no era la misma. Su voz era la de otro hombre, no la de aquel hombre trasnochado y de ojos de niño que minutos antes había llamado a mi puerta para pedirme un favor que parecía insignificante. Ahora su voz era completamente negra, una fosa negra, y decía que me arrodillara o me iría peor. Y yo respondí con la boca cubierta y un sonido triste; intenté decirle que sí, que me arrodillaría en ese mismo instante, y doblé mis piernas muy despacio hasta tocar el suelo con las rodillas, y de pronto me soltó.

Pude al fin volver a respirar. Sentí el aire entrar enseguida por mi nariz y salir por mi boca. Intenté decir algo nuevamente, comunicarme en medio de los espasmos para tratar de comprender lo que sucedía en ese cuarto de motel. Pero de pronto algo empezó a apretar la piel de mi cuello y a quemarla con fervor, algo que me tiraba hacia atrás, contra el abdomen de aquel hombre, y me inutilizaba a pesar de mi voluntad por reprimirlo, algo que me forzaba hacia su campo de acción y me despojaba de lo que yo entendía como lo *real*. Lo último que alcancé a sentir fue la evaporación en mi boca de una tenue corriente de aire, mientras las civilizaciones y las sociedades del mundo y los sonidos del universo se apagaban, como hacia el final de una película, como si el diafragma de una cámara se cerrara lentamente apuntando hacia el cielo raso de la habitación y el silencio cubriera el espacio.

Cuando retorné, me encontré en este estado de ser y de *no ser*, flotante y liminal: Ali Nyland sustancia *no viviente* en la vida, Ali Nyland ectoplasmática, un ser que depende intrínsecamente del *no ser* para poder concebirse a sí mismo.

Fue entonces cuando me vi tendida sobre la alfombra del cuarto, robada de mis signos vitales, como una solitaria y vigilante línea horizontal en el monitor de frecuencias cardiacas de un hospital público. Él arrastraba mi cuerpo, me envolvía con una cortina de baño. Yo solamente podía observarlo tratándome como un objeto cualquiera, ver cómo tomaba posesión de mis despojos, de aquella carne que yo ya no habitaba, cómo doblaba mis piernas y mis brazos para acomodarme en la postura de un feto. Aquel cuerpo, el cuerpo pequeño de la primera Ali Nyland, doblado y envuelto con una cortina barata, amarrado y envuelto a las diez de la noche, siendo arrastrado de una habitación de motel hasta otra habitación de motel por un desconocido, después de desnudarse y echarse al lado de mis despojos por una hora, sin tocarme, sin masturbarse, practicando un deseo incomprensible, después de haberse puesto nuevamente las botas y la camisa; el cuerpo pequeño de la primera Ali Nyland arrastrado como si fuera una bolsa de basura, una pesada bolsa de carne, repleta; un fardo improvisado que pasa de pronto a una maleta, su maleta, y la maleta esconde mi cuerpo, y la maleta baja las escaleras conmigo dentro de ella, y el hombre abre el maletero de su automóvil y me deposita entre sus desperdicios, me encierra en su coche, y de pronto caigo en la cuenta de que ya no soy un ojo en el cielo raso, que ya no soy un plano cenital, me desplazo de una manera distinta: he llegado hasta el estacionamiento con él, he llegado hasta el *parking lot* con mi asesino, y mi *no vida* es ahora una omnipresencia en la vida (una incoherencia en la vida); mi *no vida* es ahora un punto de vista volador, invisible y volador, y mi asesino echa a andar su vehículo y yo floto como una suerte de gas, y puedo observar a mi asesino desde todos los puntos que lo rodean, todos los puntos posibles, sin limitaciones, como una nube que lo persigue ocultamente, y me encuentro abajo o arriba de él, a su lado izquierdo o su lado derecho, en todas partes, y ambos salimos de aquel motel escurridizo, ambos salimos del motel y por un momento pienso que, si respiro hondo y me concentro seriamente, pronto despertaré de la pesadilla, pronto volveré a ver a mis padres y a mis amigos y a todos mis compañeros de trabajo;

si respiro hondo y me concentro seriamente, llegará la mañana del jueves y tomaré al fin el vuelo de regreso a Connecticut. Estaré en casa otra vez. Pero súbitamente me doy cuenta de que continúo flotando, que no dejo de flotar, y que nada de lo que imagino me alejará del éter y de la no existencia, y que nada de lo que imagino me alejará de un mal sueño de Picabia y de la no existencia.

No hay paraíso de ninguna especie.

LOUIS ARAGON

2

Peter Seeger ve televisión como todas las noches, pensando en Ali Nyland, o en alguien como Ali Nyland, porque debe existir una conexión entre ambas partes, entre la primera y la segunda parte. Él piensa en Ali Nyland o en alguien como Ali Nyland mientras ve una película cualquiera sobre un asesino cualquiera, al que atraparán tarde o temprano, porque algunas películas cumplen con ciertas convenciones, porque algunos guionistas practican al pie de la letra las fórmulas que les enseñaron en el taller de guion de cine: el planteamiento, el nudo de la trama, la confrontación... la historia contada en imágenes.

¿Pero quién es Ali Nyland?

Ali Nyland es *algo* que transita en el éter, una profesora de historia del arte, una estadounidense con apellido escandinavo que heredó una espalda pequeña de su bisabuela Oliwia. Ali Nyland es una nube invisible y un extraño plano cenital, y fue asesinada a sangre fría en un motel escurridizo, después de perder un avión y varar en una ciudad deshabituada a la nieve.

Peter Seeger piensa en ella mientras ve televisión, pero en realidad no la conoce, nunca la ha visto, nunca ha caminado siquiera a diez pasos de Ali Nyland. No sabe quién es y sin embargo piensa en ella, la recuerda, y puede también escuchar sus temblores, puede sentir aquel cabello castaño enredándose en el viento y el delicado tejido de aquella espalda angosta llena de lunares, puede sentir los movimientos de su lengua al saborear una goma de mascar, el sabor a durazno mezclado con el de sandía dulce, y el murmullo de unas zapatillas de lona caminando a las seis de la tarde en el baño de un gimnasio; él puede recordar un día de playa en una playa muy lejana en un país que nunca ha visitado, la textura fina de la arena escapándose entre sus dedos, y el olor de unos pezones, el olor a saliva y alcohol de unos pezones húmedos, cuando es todavía de madrugada en el centro de Ibiza y Ali Nyland besa a otra mujer.

No es él, pero algo le dice que se trata de otra vida en su vida. Son experiencias y no precisamente *flashbacks*, como si desde esta dimensión, desde su lado del espectro, pudiera acceder automáticamente a un nudo donde todo se entrelaza y se confunde, donde nada ha acabado, donde todo continúa y se interseca; como si en esta historia pudiese atender al aparato de televisión y sentir simultáneamente el miedo de Ali Nyland al estrangularla con el impulso de sus manos y un cordel, al apretar con fuerza su cuello y dejarla vacía; como si de pronto pudiese ver proyectada la vida de Ali Nyland, ser el espectador de una serie de imágenes y a la vez sentir sus alegrías y sus frustraciones, ver desaparecer completamente a Ali Nyland para luego tenderse a su lado, desnudo, antes de acomodar aquel pequeño cuerpo en una maleta, antes de echar a andar su automóvil.

Peter Seeger se pone de pie. Tiene la sensación de que debe matar a alguien. Lo siente en su cabeza. Lo siente en su estómago. En su cabeza el sentimiento es como un grito que nunca se apaga. En su estómago, la sensación se presenta como el hambre cuando el cuerpo no ha recibido alimento por varios días.

Todos duermen en las habitaciones del segundo piso, su esposa e hija, y Peter Seeger tiene la sensación de que debe acabar con la vida de otro ser humano. Lo siente en sus entrañas. Cuando eran niños, un día mamá los despertó de madrugada durante las vacaciones, a su hermana Maggie y a él. Iban a ir de paseo. Recuerda preparar una mochila y llenar con agua una cantimplora celeste decorada con la figura del Capitán Kirk, subir al *station wagon* de mamá, estar sentado junto a Maggie por cuatro horas, desplazándose por la carretera hacia el norte hasta que el auto se detuvo en una cabaña cerca de un lago, cerca de una montaña, la cabaña del amante de su madre, quien los esperaba en el porche con la camisa de leñador remangada y la mesa servida. Esa tarde mamá estaba muy contenta. Papá se encontraba de viaje, a miles de kilómetros de distancia, haciendo negocios en uno de esos casinos europeos donde bebía y se acostaba con una masa de mujeres que se revolcaban con ejecutivos que no volverían a ver, donde bebía y tenía sexo anal cuando no caía borracho en la cama, víctima de sus excesos, víctima de su dinero, víctima de un matrimonio y de dos hijos que nunca quiso y que solamente abrazaba en falsas reuniones caseras, cuando debía aparentar que era un buen padre. Mamá estaba muy contenta ese día y dejó que Maggie y él jugaran solos cerca del lago después de merendar, les permitió correr sin supervisión, alejarse de la cabaña, recoger ramas y aletear como pájaros, imitar el sonido de las aves y el sonido del bosque, de los insectos y los osos, de la lluvia y el viento; les permitió correr. Hasta que Maggie y él se separaron y todo comenzó a hacerse negro, y Maggie empezó a llorar, y a él no le importó; no le importó que su hermana se quedara sola en el bosque; no le importó volver a la cabaña sin ella mientras escuchaba sus gritos y su desesperación; no le importó cuando su madre preguntó por Maggie ni cuando el amante de su madre salió en busca de su hermana, cuando empezaba a oscurecer en el bosque, la luna y los búhos; no le importó ver a mamá angustiada y nerviosa, con los brazos cruzados en el porche de la cabaña, temiendo la llegada de una mala noticia. A él no le importó en absoluto.

Peter Seeger sube al segundo piso con un vaso de whisky en la mano derecha, con una botella de whisky en la mano izquierda. Ha dejado el televisor encendido en un canal de películas donde a esa hora transmiten un filme cualquiera sobre un asesino cualquiera; puede escuchar las voces de los personajes mientras toca los peldaños, puede imaginar sus gestos mientras escucha las voces, una mujer y un hombre, puede oír los efectos de sonido y el rumor del ambiente, el ruido de un golpe sobre madera, el ruido de un libro al caer y tocar el suelo, los violines que acompañan y musicalizan aquel fragmento de la historia: puede imaginar el plano entero de una sombra y el primer plano de un rostro horrorizado, los planos detalles de un cuchillo en movimiento, arañando la oscuridad, y los cortes vertiginosos entre aquel rostro despavorido y el arma manchada de sangre, plano y contraplano, sucesivamente, hasta que los violines dejan de sonar.

Al abrir la puerta de la habitación de Emma, Peter Seeger se detiene a reflexionar por un segundo. Su hija acaba de cumplir los tres años y él desearía tener la fuerza y el poder para detener el tiempo que domina ese fragmento del caos universal, o al menos la fuerza y el poder para teletransportarse a una prisión subterránea, de donde nunca pudiese huir (porque en el fondo él y solamente él es el inconveniente; porque en el fondo él y solamente él es el dilema). Quisiera ser capaz de no acechar a su hija como lo hace en ese momento, dejar de espiarla en la noche mientras sorbe el whisky sin reparo, mientras se mancha el cuello y la ropa con alcohol, mientras se limpia la barbilla con la manga larga de la camisa. Quisiera poder llegar a ese punto, pero desearlo, desde luego, no implica necesariamente alcanzar la ilusión. No es suficiente el deseo cuando en realidad todas sus lamentaciones no son más que un ademán, una mímica. Peter Seeger deja entonces de pensar en Emma y se concentra en su apariencia → un hombre sucio → un padre sucio → él → Peter Seeger es un hombre indecoroso y obsceno. Su apariencia le causa auténtico asco; piensa que su estado actual no refleja la pulcritud e higiene que ha cultivado a lo largo del tiempo, desde los tempranos días de su vida. Lamenta, primordialmente, el cambio en su camisa de vestir, la mancha de whisky sobre la tela blanca de poliéster y algodón. Habrá que lavarla, se dice mentalmente. Habrá que lavarla y evitar que se manche otra vez... como si en esa circunstancia fuera relevante el lavado de una camisa, como si ese fuese el momento adecuado para pensar en la tela de poliéster y algodón. Entonces, con una suerte de palmada mental, se dice a sí mismo que hay otras cosas en qué pensar en aquel instante de la noche, que la mancha sobre la tela de poliéster y algodón no significa nada si no piensa en ella, que la mancha de whisky no tiene trascendencia más allá de la interpretación momentánea de las cosas: es, desde luego, solamente un pequeño punto perdido en medio del páramo de eventos que se desdoblan aquella noche, un detalle de fácil resolución doméstica que no basta para someterlo o hacerle cambiar de opinión acerca de su ubicación en la geografía y las edades del mundo, algo que, evidentemente, no requerirá que respire hondo ni que aplaque los impulsos que hace un momento lo llevaron a subir las escaleras y abrir la puerta de la habitación de Emma.

Un animal de peluche y orejas puntiagudas lo observa con disimulo desde el suelo alfombrado. Peter Seeger no repara en él y camina ciegamente, camina tambaleándose con dirección a su hija y pisa uno de los brazos de aquella criatura rellena de fibra sintética: estratosférico, dubitativo → un animal salvaje suelto en los suburbios de una megalópolis sobrevalorada. Peter Seeger vuelve a dar un trago de la botella de whisky como si esperara por un mensaje en clave, o por la voz de un tiempo remoto, como si aguardara la llegada de un ser transdimensional que atraviesa una abertura en la pared para organizar lo inentendible. El animal de peluche, mientras tanto, piensa en su infortunio, sufre en silencio imaginando que perderá uno de sus brazos rellenos de fibra sintética, aguantando el peso de un hombre embriagado y estúpido, preguntándose por qué la niña lo abandonó en el suelo del cuarto, por qué lo dejó a su suerte y no en la estantería de los juguetes de peluche junto a las otras criaturas artificiales. En ese mismo momento, Peter Seeger vuelve a dar un sorbo a la botella de whisky y decide lanzarse, caer sobre el rostro y el cuello de Emma mientras balbucea que la ama, que ella siempre será lo más importante para él. La niña siente los dientes clavándose en su cuerpo y el espanto la hace revolcarse, el espanto la hace gritar y lanzar golpes con las palmas de las manos. No sabe emplear las manos de otro modo. No sabe cómo defenderse de un organismo parecido. No puede entender por qué su padre la cubre y la muerde y por qué aprieta los dientes con tanta fuerza.

Sube al segundo piso con un vaso de whisky en la mano derecha, con una botella de whisky en la mano izquierda. Peter Seeger ha dejado el televisor encendido y a esa hora transmiten un filme cualquiera acerca de un asesino cualquiera, puede escuchar las voces de los personajes mientras avanza, puede imaginar los gestos de los personajes mientras descifra sus voces, una mujer violenta y dos hombres nerviosos, una tanda de anuncios comerciales que de súbito corta la escena de la película... Pero algo ha sido trastocado. Peter Seeger no puede creer lo que ve en su sala de estar. ¿El fantasma de su padre? ¿El fantasma de la representación de su padre? ¿El fantasma de la representación de un padre que nunca existió en el relato? → Un buzo cadavérico se halla sentado en el sillón. Una escafandra llena de agua turbia y larvas marinas. Un traje cubierto de rasguños y restos de inmundicia oceánica. → Peter Seeger no puede creerlo. → Algas y peces muertos ocultando el piso alfombrado, la cola podrida de un gran cachalote ocupando el salón. → Un buzo cadavérico estirando una mano cadavérica, como si le pidiera un sorbo de la botella de whisky. → Un buzo cadavérico estirando ambos brazos con insistencia mientras Peter Seeger permanece petrificado, mientras observa cómo el buzo fantasma se pone de pie a duras penas y camina con pesadumbre y desarreglo, como si marchara bajo el agua con dirección a las escaleras y a la segunda planta de la casa, dejando a su paso charcos de larvas moribundas y cuerpos fusiformes. Peter Seeger no puede creer lo que ve.

Pero de pronto vuelve a sí mismo, se aleja de lo *irreal*, vuelve al aparato de televisión y a pensar en Ali Nyland. Ali Nyland ojo invisible. Ali Nyland ectoplasmática y liminal, sustancia *no viviente* en la vida, omnipresencia en la nada. Vuelve a ella y de pronto vuelve a sí mismo:

Se encuentra sentado, con la vista fija en la pantalla, en el mismo sillón donde hace un rato vio a un hombre cadavérico que podría ser el fantasma de su padre si su padre hubiese sido un buzo perdido en el mar, un hombre hundido en el mar.[1] Él y un vaso de whisky, solamente ellos dos, sentados con la vista fija en la pantalla multicolor de la caja boba. En las habitaciones del segundo piso su esposa e hija duermen porque ya ha pasado la medianoche, porque ya ha empezado la madrugada en aquella

---

1 O un hombre disfrazado de liebre. O un joven disfrazado de liebre. O un joven que recuerda a un joven disfrazado de liebre durante una sesión de hipnosis.

casa repetitiva de un suburbio de clase media repetitivo; sin embargo él todavía no puede entregarse al descanso, no puede entregarse al descanso porque el insomnio y la angustia no se lo permiten: tiene la sensación de que debe asesinar a alguien. Y no se trata de una sensación reciente. Cuando tenía dieciséis años, Peter Seeger albergaba en secreto la fantasía de ir por la noche a casa de una de sus maestras, acuchillarla y hacerle el amor a su cadáver. Pensaba ir armado con un cuchillo de caza, un suvenir traído por su padre de uno de sus tantos viajes a Europa (su verdadero padre, el egoísta y déspota, no aquel buzo cadavérico), y sorprender dormida a la mujer divorciada que le enseñaba composición y lengua en la escuela. El plan era muy sencillo, salir de casa en bicicleta hacia las diez y media de la noche de un miércoles, a mitad de semana, cuando nadie esperara toparse con una sorpresa como la que Peter Seeger había imaginado con tanta atención. La casa de su maestra quedaba muy cerca de la suya, y sabía de antemano, porque la había espiado en otro momento, porque tantas otras veces había observado su silueta desnuda a través de las cortinas, que ella siempre apagaba la luz del velador puntualmente, no más allá de las once de la noche. Durante el rango de tiempo que a ella le tomaría cerrar los ojos e internarse en el sueño profundo, él esperaría con paciencia, agazapado en el jardín trasero dentro de una pequeña casa de madera que servía de cobertizo para el abono y los utensilios de floricultura. Sabía que ni su maestra ni sus vecinos criaban perros guardianes, y que nadie sospecharía que a esa hora y en esa parte apacible de la ciudad, en un país donde los homicidas y los violadores son persistentemente identificados como personas de tez oscura, un adolescente blanco y de sonrisa perfecta, armado con un cuchillo de caza, esperaba por el momento oportuno para irrumpir en la residencia de su profesora de lengua y composición, para asesinarla y luego hacerle el amor a su cuerpo sin vida. Todas las noches, cada semana de aquella época que llamaremos la época de su primera juventud asesina, Peter Seeger pasó largas horas en el sótano de su casa maquinando y organizando planes, perfeccionando en su cabeza la forma de la fantasía que concretaría oportunamente, haciendo los cálculos necesarios. Pero los días, claro está, transitaron hacia otros días, las semanas circularon en serie sin mayor fortuna, y pronto el año escolar llegó a su término sin que pudiese hallar el momento justo para penetrar el cadáver de aquella profesora; y pronto ella, la maestra divorciada, la maestra de lengua y composición, dejó la ciudad donde vivía, y Peter Seeger se halló en la encrucijada de si seguirla hasta Rhode Island, donde dejó dicho que iba a radicar a partir de ese momento, en un lugar llamado Providence, o si permanecer en silencio y dedicándose en secreto a lo suyo, en el sótano de la casa de sus padres, torturando aves domésticas con grapas y tijeras para costura y fantaseando con más.

A veces me asalta un deseo absurdo.

ITALO CALVINO

3

A veces olvidas lo que has hecho, Brendan, o lo que ha ocurrido, sobre todo cuando prestas demasiada atención a los tres minutos y cuarenta segundos de una vieja canción de Lou Reed:

...they said they'd let you live at home with mom and dad instead of mental hospitals, but every time you tried to read a book, you couldn't get to page 17 'cause you forgot where you were...

Hasta que de pronto se presenta una luz blanca, excesivamente brillante, y todo desaparece porque la distancia entre la certeza y la duda también se eclipsa. El mundo, supongo que lo sabes, amigo mío, funciona bajo condiciones insospechadas.

Es cierto que presentas una «anomalía» en el cerebro, que tu cerebro es en realidad el órgano nervioso central de un asesino en potencia, o tal vez el de un parricida irreverente que deambula por las calles con el inusitado rostro de Juliette Lewis entre los hombros, como en aquella película donde la destrucción total de todas las cosas devora absolutamente todo a su paso, incluso al personaje que interpreta Juliette Lewis; o como en aquella novela de Anthony Burgess donde la palabra «*horrorshow*» se convierte en la máxima expresión del desenfado de nuestra especie.

Hay estudios que demuestran que las personas que se hallan en tu condición cuentan en realidad con menos enlaces neuronales entre la parte del cerebro que administra los sentimientos de empatía y culpabilidad y el cuerpo encargado de activar emociones primitivas como el miedo. Esto quiere decir que los individuos que sufren de psicopatía, aproximadamente un cinco por ciento de la población mundial, no suelen tomar en consideración si sus acciones causan daño a otros seres humanos o criaturas ni suelen experimentar lo que comúnmente entendemos como la compasión. Aunque es innegable que no todas estas personas radicalizan una tendencia agresiva hacia los demás, es cierto también que tu caso no puede tomarse como un modelo de bondad o de desprendimiento, Brendan. Eres, efectivamente, lo contrario a una historia de salvación: a veces simplemente te asalta un deseo absurdo y sabes que ha llegado el momento de aterrorizar a más niñas, o de hostigar a las mascotas de los vecinos, o de cerrar los ojos e imaginar un mundo sin papá ni mamá.

Cuando eras más joven —mientras te reprimían por las manchas de sangre en la alfombra—, papá y mamá confesaron que eras un niño adoptado de Missouri. Fue la tarde que descubrieron la cabeza de un gato en tu habitación. Habías cortado la parte superior del cráneo de su mascota con una sierra de mano y expuesto sus sesos tratando de imitar una caída de agua. Tan solo tenías doce años por aquella época, pero tus padres adoptivos se dieron cuenta finalmente de que por más que te alimentaran y te vistieran, por más que desearan cambiar la historia de humillación y maltrato de la que provenías, jamás serías un hijo suyo; porque un hijo suyo nunca lastimaría a un animal de esa forma, Brendan. Fue entonces cuando te llevaron a la fuerza, y con prudencia absoluta, a una «escuela especial» para niños como tú, una clínica donde reformaban a otros jovencitos con problemas de personalidad y comportamiento. En ese lugar, al igual que en todas las escuelas que pisaste, no fuiste capaz de entablar relaciones duraderas, aquellos niños drogadictos que habían dañado la propiedad pública, mentido o robado, veían algo extraño en ti, y preferían apostar galletas en juegos de cartas clandestinos que ver televisión a tu lado. Era cierto que tenías un coeficiente intelectual más alto que el niño promedio, que sobresalías en las clases de química, matemáticas e historia, y que ellos odiaban que fueses un sabelotodo, sin embargo, tus compañeros de clase se alejaban de ti por razones más profundas que esa. Lo sabes bien, Brendan. A tu llegada al reformatorio le pegaste al más fanfarrón del grupo con la hoja de una ventana, y su cabeza llorosa se quedó incrustada en los cristales. Los maestros te castigaron de inmediato, la disciplina fue ciertamente severa, pero aquel niño nunca se vengó de ti, sino que instaló el miedo en él, y les habló a los demás acerca de su miedo. Ellos, como era de esperarse, también comenzaron a evitar las rutinas y las tareas a solas contigo. Vivías en silencio por ese entonces, escuchando con placer las habladurías y los murmullos de los niños que habías amedrentado después del incidente de la ventana. Al mismo tiempo, la escuela te calificaba y te juzgaba como un estudiante modelo. En las clases de debate, argumentabas con la convicción y la claridad de un doctor en retórica, y te aseabas diariamente según las normas que patrocinaban en ese lugar. Los maestros de ciencias y humanidades, y también el psicólogo que dirigía la escuela, consideraban que eras un ejemplo a seguir, pues era obvio para ellos que te habían reformado, y por ello te dieron cierto poder sobre los demás: pasar lista de asistencia en cada clase, traer libros de la biblioteca para actividades programadas, recolectar los exámenes de mitad y final de curso. Ningún adulto sospechaba de ti, amigo mío. Nadie sabía con certeza quién eras.

Al cumplir los dieciocho y graduarte, obtuviste al fin la libertad, y un diploma de cartón blanco que destacaba tu valor como residente del mundo. Tus padres adoptivos te habían visitado continuamente cada fin de semana, fueron testigos de tu progreso durante los años de reclusión. Confiaban en que no volverías a cortarle la cabeza a ninguna de sus mascotas, seguros de que al fin habían logrado sacar de ti la corrupción y el vicio que habías aprendido de tus verdaderos padres cuando vivías bajo su tutela. Para ellos y los doctores, eras finalmente un joven adulto virtuoso, preparado para cabalgar hacia el horizonte y hacerte de un futuro respetable en los ciclos de la humanidad. Sin embargo, tú sabías bien que nada había cambiado dentro de ti, Brendan. Mantenías dormidas, disimuladas bajo las piedras de una apariencia asumida en la clínica, las ganas de explorar el interior de las personas que te rodeaban, cavar en ellas como habías cavado a los doce años en la cabeza de aquel animal que tus padres adoptivos amaban tanto.

Y ahora te encuentras otra vez en casa, escuchando viejas canciones de Lou Reed en la semioscuridad de tu habitación. Han pasado tres meses desde tu salida del reformatorio y una voz oculta te susurra a diario el nombre de una mujer que no conoces... Sabes que aquel nombre es indicativo de algo especial, que no se trata de un accidente causado por los fármacos que ingieres o por un simple juego de tu imaginación. Puedes sentir realmente, cuando cierras los ojos buscando una respuesta, el sufrimiento y la angustia de Ali Nyland dentro de ti, como nos sucede a todos y cada uno de los actantes que participamos en esta pequeña historia de terror, como nos sucede a todos los que, como tú, arribamos a aquel motel repetitivo durante una tormenta de nieve inesperada, unas horas antes de la llegada de Peter Seeger, unas horas después de la llegada de Kyle. Al igual que quienes apretamos el cuello efímero de Ali Nyland con una soga —luego de tocar la puerta de su habitación y pedirle prestado el teléfono—, tú también te echas a su lado, y la acomodas sobre una cortina de baño que se asemeja a un mal sueño de Francis Picabia. Porque eres todos y cada uno de nosotros, Brendan:

Eres el actante que se repite:

Eres el actante que se divide:

El actante que se dirá a sí mismo «Yo soy la palabra que nunca se agota»,

porque «Yo» es la palabra clave, Brendan:

Recuerda siempre, por favor, el pequeño cuerpo de Ali Nyland, despojado de su voluntad y aliento, mientras suenan los cuatro minutos y doce segundos de «Waves of Fear»:

...waves of fear, attack in the night. waves of revulsion, sickening sights. my heart's nearly bursting, my chest's choking tight. waves of fear, waves of...

Ali Nyland, flotante y liminal, un ojo invisible en la nada, un punto *no viviente* en la vida, un ser que depende del *no ser* para poder concebirse a sí mismo.

Te preguntas entonces qué es lo que pensarán acerca de ti los nietos que aún no tienes el día que todo esto se descubra, Brendan. ¿Alguno de ellos se excitara tanto como tú? ¿Podrá sentirse orgulloso de lo que has logrado y de lo que estás por lograr? Lo he considerado varias veces, cada vez que he tirado a la basura un regalo de mi esposa o despreciado en secreto uno de sus besos en la mejilla. Me lo he preguntado cada vez que mi cólera ha tomado la forma de una tribu de adolescentes rabiosos y deformes golpeando con un mazo la cabeza de una abuela inocente, pateando el abdomen de un hombre vagabundo que no tiene qué comer. Y la respuesta es la misma cada vez que retorno a ella, Brendan: no lo sé con exactitud, pero confieso con valentía que tampoco me quita el sueño. Lo que realmente nos importa hoy, lo que en verdad nos concierne en este instante, es que no pierdas las horas del día abstraído en una fijación tan banal, y que por el contrario abraces el caos que nos rodea como si no hubiese un mañana concreto. Estréchalo con toda tu osadía mientras subes el volumen del equipo de sonido al máximo y la voz de Lou Reed se distorsiona y se pierde en la descomposición de la música amplificada. Piensa siempre en la sublime indeterminación que con tanto ahínco convive con nosotros, Brendan; piensa en ella y en la irregularidad que permite que todas las cosas reposen no necesariamente en lo que la gente común y corriente suele denominar armonías o concordancias, sino en acciones y reacciones caóticamente construidas, amigo mío, sencillamente espontáneas y naturales.

Tercer segmento:

Ahab

Dirigido por Ramiro Sanchiz

Duración: 27 minutos

1

Ante la catedral, en el desierto, Federico Stahl descubriría un ansioso placer en rememorar los acontecimientos que lo habían llevado hasta ahí. Al principio lo animó el deseo de conferir sentido a su historia, de trazar una línea definida que le permitiese encontrar causas y efectos y alternativas no tomadas; después todo ese pequeño universo de imágenes y anécdotas se desprendió de cualquier lógica o función o necesidad para volverse una cosa en sí mismo, como si los momentos que integraban esa colección se fundiesen y amalgamasen entre sí, perdidas sus identidades individuales en una construcción tan inextricable y libre como la catedral.

Entonces todavía pasaba la mayor parte de sus días junto al MiG-25. Los restos del avión fueron durante mucho tiempo la contracara exacta de la catedral, su balance exacto en un universo simétrico, dividido entre una vida incomprensible, presente y futura, y la suma completa del pasado humano: un pasado sin futuro y un futuro sin pasado, enfrentados en un presente que se desmoronó cuando Federico entró a la catedral.

Un día, por propósitos eminentemente prácticos, decidió que considerar su historia anterior a 2007, año en que había empezado a trabajar para Andrew McCrausen, era sin duda una pérdida de tiempo y energía, pero también, a la vez, que hacerlo era inevitable. Así, resignado a navegar río arriba, llegó a pasar días enteros armando una narración exacta de sus primeros asombros infantiles con los documentales y relatos de viajes de Jacques Cousteau, que en 1985 o quizá 1986 lo habían convencido de convertirse en oceanógrafo y recorrer el mundo en un barco dedicado a la investigación científica. Eso jamás sucedió, pero la curiosidad por la oceanografía lo condujo a dos fascinaciones que sí perduraron en su vida. Una de ellas fue el mapa del fondo de los océanos que aparecía en una de las primeras entregas de la colección de fascículos *La enciclopedia del mar*, producida por Cousteau, y la otra la noción de un libro total, compendio del universo, una suerte de enciclopedia que, más tarde en su vida, creyó atisbar en la taxonomía y el estudio de las relaciones filogenéticas, que Federico, de acuerdo a las tendencias espontáneas de su pensamiento, se representaría siempre bajo la imagen del vasto árbol genealógico de toda la vida en la Tierra.

El mapa había sido publicado por la National Geographic en junio de 1968, de los primeros en mostrar en detalle el fondo oceánico. Fue después reimpreso en *La enciclopedia del mar*, escrita por un equipo asesorado por Cousteau y publicada originalmente en francés como *Encyclopédie Cousteau*, diez años antes de que su traducción castellana apareciera en fascículos semanales distribuidos en los quioscos de Montevideo. Federico había pensado hasta entonces que el fondo de los océanos era plano, por lo que la visión de la complicada cadena montañosa en medio del Atlántico fue una verdadera revelación. Aquello —además de otros tantos accidentes geográficos del fondo oceánico, entre ellos la planicie abisal en la Cuenca Aleutiana— reverberaba en su mente hasta rebasar el umbral de lo inquietante y lo ominoso: las cordilleras submarinas parecían fósiles de dragones incrustados en la corteza terrestre y todos aquellos abismos secretos debían contener misterios que jamás saldrían a la luz. Allí, se repetía Federico, podía haber literalmente cualquier cosa.

Ese pensamiento era el reverso exacto del apego a la posibilidad de un orden en el mundo, aquel que Federico había deseado reconstruir y exponer bajo la forma del Libro Total. Las fosas marinas ocultaban entidades que jamás serían conocidas, de modo que el árbol de la vida —o ese vastísimo orden del mundo— quedaría siempre incompleto. Por lo tanto allí había monstruos, pruebas vivientes de la imposibilidad del orden, las páginas vacías en el Libro, previstas por su estructura pero imposibles de llenar (o acaso incluso imprevisibles: el apéndice *weird* a un libro riguroso). Después, en Punta de Piedra y con su amigo Marcos, Federico inventaría el juego del imperio, que imaginaba regiones por fuera del orden y la razón impuestos por una civilización milenaria y que, por tanto, albergaban monstruos. Y en el desierto del sur de Kazajistán, finalmente, todas esas fantasías de la niñez se materializaron ante la mirada de Federico, a pocos cientos de metros de los restos del MiG-25, el avión que había pasado tantos años tratando de encontrar.

Para 2005 Federico había terminado su doctorado en la Universidad de Michigan. Después de haberse licenciado en Letras en la Facultad de Humanidades de la Universidad de la República Oriental del Uruguay y dejado —decía él que para siempre— el país en 2003, había escrito su tesis doctoral sobre los símbolos del agua en la obra narrativa tardía de Felisberto Hernández. Así, terminada la tesis y obtenido el título, Federico sintió que su mente había vuelto a la casilla cero, que había operado un reseteo de alto nivel. Solo había sobrevivido su sistema operativo: las lecturas que había hecho de adolescente —ciencia ficción y divulgación científica— y las viejas imágenes recurrentes de su infancia.

No tardó en decidir que prescindiría de indagar las posibilidades de una carrera académica; vivió de sus ahorros, durmió en sofás de colegas (Latinoamérica existía para él como un gran sofá-cama que le permitía dormir al resguardo del invierno boreal), consideró la posibilidad de mudarse a Barcelona con una novia, y, casi sin dinero ni amigos dispuestos a bancarlo, recibió finalmente una oferta de trabajo. No era una maravilla, pero le permitiría alquilar un apartamento y salir adelante; Federico, cuya sustancia se había reconcentrado en un estado similar al ideal de los estoicos y los budistas, no pedía más.

El trabajo consistía en desempeñarse como editor asistente en una *small press* que publicaba libros sobre vehículos militares, negocio que salía adelante gracias a la demanda de información especializada (en oposición a los datos reciclados que para entonces ya era fácil encontrar en Internet) generada por la poblada tribu de los modelistas a escala, quienes gustaban de superdetallar sus maquetas y necesitaban por tanto una buena descripción del contenido de las cabinas de los aviones en cuestión o de la estructura general de un tanque, un helicóptero o un navío. Además, casi todos esos modelistas eran lo suficientemente obsesivos como para armar los mismos modelos decenas de veces, de modo que la necesidad de nuevos patrones de camuflaje, insignias y numeración o códigos de vehículos era grande. Muchos de ellos pasaban horas de lectura investigando la historia y los detalles de producción y desempeño de sus máquinas de guerra favoritas, de modo que un libro que les ofreciese planos detallados, esquemas de colores y camuflaje, fotografías de buena calidad y una narrativa sólida iba a ser siempre bienvenido. Al principio a Federico no se le pidió que redactara contenidos —probablemente no lo hubiese aceptado— sino que se asegurara de que aquellos textos, escritos a veces por excombatientes y exingenieros, se pareciesen lo suficiente al inglés como para que su lectura no fuese imposible para los modelistas, por otra parte no tan exigentes —literariamente hablando al menos.

Sin embargo, como cabía esperar, llegó el momento en que el jefe de Federico se vio en apuros y le solicitó un artículo breve sobre las variantes del Supermarine Spitfire. Es algo sencillo, explicó antes de que su empleado pudiese negarse, *el tipo de cosa que cualquier periodista retardado puede investigar.* Y añadió que la publicación en cuestión era una suerte de manual de la historia de la aviación, más panorámico que exhaustivo o profundo, y que si Federico no encontraba los datos necesarios en Internet tenía a su disposición todos los libros de la biblioteca de la editorial.

Fue solo después de aceptar que Federico contó a su jefe que conocía bastante bien las variantes del Supermarine Spitfire; de adolescente, explicó, había armado mal y a las apuradas unas cuantas maquetas, tres Spitfires incluidos; además, añadió, su padre había querido ser piloto y le había inculcado el amor por las cosas con alas.

Federico escribió el artículo en tres días. Dado que el libro detallaba los autores de cada artículo, el nombre de Federico apareció mencionado elogiosamente en varias reseñas. No pasó mucho tiempo, entonces, antes de que se le encomendara la redacción de un libro completo. Sin duda que ello implicaba investigación de verdad, pero el tema —la historia de los cazas MiG hasta el MiG-19— le resultaba fascinante, de modo que aquello iba a resultarle un verdadero placer.

Su padre, por cierto, le había hablado muy poco de los aviones de combate soviéticos. Recordó además un libro recibido de regalo de Navidad en 1983 o 1984, una enciclopedia de la aviación para niños, que abundaba en entradas sobre los cazas estadounidenses y británicos, listaba no pocos franceses e italianos, pero omitía cualquier referencia a sus contrapartes soviéticas. De hecho, descubrir en la adolescencia máquinas como el Sukhoi Su-17 y el MiG-21 representó algo así como acceder de repente a la tecnología de un mundo alienígena. Quizá algo en el corazón de Federico se detuvo en esos años de la Guerra Fría, y mientras escribía el libro sobre los primeros MiG su imaginación atravesaba en vuelo rasante la década de 1980 imaginada en Alemania Oriental, en Varsovia, en Moscú o incluso, más enigmáticamente, en Alma-Ata o Samarcanda. Solía pensar en su repertorio de figuras de la cultura pop: su primer *walkman*; sus Playmobil; la enorme caja de Lego que le había regalado su tío Lucas, que vivía en Mayorca; los dibujitos de los *Thundercats* y los *GoBots*; los *Osos Gummi*; los juegos del clon brasileño de ZX-Spectrum 48k que le habían regalado en 1986 y las revistas de informática en las que, años más tarde, creería leer la épica de los primeros diseñadores de videojuegos, en particular los españoles de la empresa *Dinamic*; las colecciones de ciencia ficción de editoriales como Martínez Roca, Plaza & Janés y Ultramar; los mundiales de fútbol y sus mascotas (España 82, México 86); una prima lejana que escuchaba rock argentino; *footage* de las olimpiadas de Moscú, que en realidad Federico solo pudo ver años más tarde, nunca supo exactamente cuándo (lo único que recordaba, además, era la ceremonia de clausura, cuando la mascota de los juegos olímpicos, un osito llamado Misha, se perdió en el cielo atado a un montón de globos); los catálogos de Playmobil con aquellos barcos, camiones de bomberos y helicópteros que sus padres no podían comprarle; las contraportadas de revistas de Disney importadas de España, algunas de ellas con propaganda de muñecos articulados de *Star Wars*, incluyendo a «Luke Caminacielos» y a «Erredos-dedos»; las cartas Cromy de superhérores y la colección Match 4, con sus aviones de combate y sus autos fórmula uno. Desde ese panorama era que buscaba imaginar o proyectar el equivalente del bloque soviético en su historia: la vida de un adolescente en Leipzig que se esmeraba sobre la versión soviética de una Commodore 64 o una Spectrum y hacía sonar en su *walkman* bandas *ostrock* de la República Democrática Alemana, Karat, City, Silly o Puhdys.

Años más tarde, en el desierto, los pedazos del MiG-25 se convirtieron en la ruina de ese mundo; no solo del bloque socialista sino de un sistema de significados más amplio y que abarcaba también el otro lado de la división. El gran avión de combate, partido en tres pedazos pero todavía decorado por sus estrellas rojas sobre el metal plateado, pasó a absorber todo ese universo. A su alrededor, entonces, no quedaría nada: solo el desierto helado de Kazajistán y la catedral, el reverso oscuro y acaso sublime del mundo de su infancia. O incluso lo contrario a la historia humana completa, y Federico así lo entendía, así sentía que había algo así como una visión total de la historia humana, que se le subía encima cuando él se recostaba en la arena y contemplaba los pedazos del MiG, ese mundo perdido, y la catedral.

Había terminado el libro sobre los primeros MiG en tres meses, para ser publicado muy poco después, a fines de 2007. Esa vez también fueron favorables las reseñas en la prensa especializada, y el libro tuvo un éxito bastante importante para las cifras manejadas por la editorial. Federico fue invitado como orador a un par de convenciones, y siempre se ganaba al público presentándose como un no-experto en la historia de la aviación y un arruinador de maquetas. En esas recónditas comunidades de lectores y modelistas empezó a hablarse de él como una suerte de autoridad en el tema de la aviación soviética de la Segunda Guerra Mundial, y no tardó en aparecer una nueva propuesta editorial. Federico aceptó una vez más, y pasó los dos años que siguieron escribiendo sobre la industria aeronáutica soviética durante la Guerra Fría: publicó un libro sobre el MiG-15, otro sobre el MiG-23, y también uno bastante extenso y exhaustivo sobre los cazas y cazabombarderos diseñados por la Sukhoi entre 1964 y 1977.

Esos tres libros fueron los que llamaron la atención de Andrew McCrausen, un excombatiente de Vietnam, piloto de Phantom F4 y admirador de la aviación soviética, en particular, decía, de los MiG-21 contra los que se había jugado la vida. McCrausen había nacido en 1948 y tenía veintidós años cuando le tocó servir en la operación Lam Son 719, ya cerca del final de la guerra. Volvió a Estados Unidos en 1973; dos años más tarde se casó con la heredera de un magnate ganadero de Texas. Allí ayudó con verdadero entusiasmo y aplicación en la administración de la empresa de su suegro, quien murió en 1980. Curiosamente, su hija no tardó en morir también, y McCrausen, beneficiado por ambos testamentos, se convirtió en multimillonario.

Para entonces había descubierto que sin su esposa y su suegro la empresa ganadera no era sino una cáscara vacía y para colmo laboriosa, de modo que vendió la compañía, invirtió cuidadosamente y se retiró a vivir en una mansión enorme que compró en las afueras de su pueblo natal, Glassboro, no lejos de Camden, New Jersey. Y fue en el vasto terreno de esa mansión donde comenzó el proyecto que ocuparía el resto de su vida, que iba a cambiar para siempre la de Federico y, por cierto, la historia de los últimos días de la especie humana.

Federico entró por primera vez al hangar de McCrausen en julio de 2008, cuando la colección contaba apenas con cuatro aviones. Dos de ellos habían sido restaurados recientemente y los otros estaban en un estado bastante deplorable, plenos de óxido, manchados de aceite y con la pintura descascarada en todas las superficies de ataque. El peor conservado era un MiG-17 con insignias y cucardas de la aviación siria; después McCrausen le contaría que se lo había vendido un ingeniero del programa Have Drill, que años atrás había experimentado con varios MiG-17 llevados a Estados Unidos y disfrazados con números de serie locales. El que terminaría en su poder, contó McCrausen, había sido inoperable desde un principio y los costos de reparación excedían tanto el presupuesto como los objetivos de Have Drill, enfocados en mejorar la alegada proporción 2:1 de derribos de cazas estadounidenses y vietnamitas. El avión quedó abandonado en un hangar y el ingeniero terminó por llevárselo al fondo de su casa, donde permaneció como juego de sus hijos y los niños del vecindario. La máquina había sido cubierta al principio con varias lonas e incluso un toldo con estructura, pero después —a medida que sucumbía su tren de aterrizaje y el avión, convertido en una suerte de tobogán y plataforma para chiquilines chicos, se resignaba sobre la tierra de un fondo suburbano— esos cuidados se disiparon y el MiG terminó abandonado a la nieve, la lluvia y la contaminación. Y si bien el tren de aterrizaje había sido más o menos recompuesto y el avión lograba mantenerse en alto no sin cierto orgullo asimétrico, los colores arena, verde y celeste habían retrocedido a un complejo espectro de tonos sepia, pardo, gris y siena. Pero aunque Federico no había desarrollado aún el afecto instantáneo por aquellas máquinas, la visión del MiG 17 deteriorado le despertó una angustia que solo más adelante identificaría con cierta forma de entropía digna de ser combatida.

El otro avión era un MiG-19 checoslovaco al que le faltaban paneles del fuselaje y tenía el tren de aterrizaje delantero remplazado por un enorme tocón de madera. Mejor conservados estaban una réplica muy convincente de un MiG-3, montada con toda seguridad para un museo a la manera de un modelo a escala

1/1, y un Su-7 al que McCrausen llamó su «orgullo», comprado por una cifra particularmente obscena a un militar egipcio. Lamentablemente, la pintura había sido aplicada sin criterio histórico alguno y el avión lucía un tono pálido de verde oliva en todas sus superficies, con la cucarda de la aviación egipcia en posición incorrecta y una serie de inscripciones en caracteres árabes.

El resto del hangar estaba vacío, y sería la tarea de Federico llenarlo de aviones soviéticos; así, pasaría los siguientes cinco años viajando por el mundo y negociando con dueños de museos, gobernantes retirados, coleccionistas arruinados e ingenieros venidos a menos. Cuando no estaba viajando vivía en un apartamento en la ciudad de Vineland, relativamente cerca de la mansión de McCrausen, y trabajaba como asesor en un hangar secundario que había sido construido para alojar a los equipos de pintores que se esforzaban por dar a los aviones el aspecto que habían tenido en su mejor momento.

Antes de cumplir los dos primeros meses de trabajo, Federico rastreó, descubrió y compró un MiG-15. Tenía sentido, dijo después, que fuera ese avión el que inaugurara la nueva y definitiva fase en la colección de McCrausen, dado que la mayor parte de los historiadores coincide en designar a 1948 (a partir del bloqueo de Berlín) como el año de arranque de la Guerra Fría, y fue en diciembre de ese año cuando los primeros MiG-15 hicieron su vuelo inaugural. Incluso su diseño básico, su forma de cigarro truncado, su cabina de burbuja, sus alas en 35° y su estética de metal natural adornado con estrellas rojas, ofrecían para Federico algo así como la quintaesencia de una era tecnológica.

Mucho después, ante la ruina del MiG-25 en el desierto, Federico dedicaría horas enteras a imaginar, en un estado de ensoñación diurna o de trance, la posible extrapolación de esa tecnología y esa estética al presente y a las dos décadas inmediatamente anteriores: un mundo en el que el muro no había caído, en que la Unión Soviética no se había desintegrado y en Moscú latía el corazón del mundo socialista.

Asimismo, en todos sus viajes por los países que habían integrado la URSS —y también por los satélites en Asia, Europa, África y el Caribe— Federico descubriría que en no pocas regiones de su mente coalescía esa misma nostalgia por el tiempo de la Guerra Fría, acerca del que tanto le había hablado McCrausen: la noción básica de que un mundo dividido en dos potencias en principio opuestas en cuanto a su organización política y económica significaba un mundo mejor, de que el capitalismo necesitaba una contrapartida poderosa para no decaer en el estado entrópico de su fase tardía, en la que primero McCrausen y luego Federico Stahl vieron un estado viral y autodestructivo de la organización humana. Y si bien cabía argumentar —como lo había hecho Federico en tantas ocasiones— que desde la perspectiva de la sustentabilidad ambiental no había mayor diferencia, del lado socialista o el capitalista, entre el avance ciego de la explotación de los recursos naturales en virtud de un presunto beneficio para la civilización, fue sin embargo la caída del mundo socialista, insistía McCrausen, lo que liberó al capitalismo de cualquier corsé o impostura. En el contexto del capitalismo tardío aparecía todavía más clara esa maquinaria que convierte estepas, bosques, selvas y desiertos en campo propicio para la agricultura o simplemente en ciudades y suburbios, horadando de paso las montañas, sembrando de cráteres la superficie del planeta, alterando los ríos con represas y envenenando aire y agua con desechos de la industria: el ideal de un mundo de concreto, de los océanos dragados a fondo, de no otra vida que la humana, y esta vuelta máquina y mecanismo.

En sus últimos momentos con McCrausen, poco antes del viaje a Kazajistán, Federico respondería que esa visión de las cosas —o, mejor, una versión más sofisticada y trabajada— podía ser la correcta, pero que no había vuelta atrás, de modo que para librarse del virus del capitalismo solo cabía abandonarlo a su ciclo, como si fuese un herpes o, de ser posible, acelerar sus procesos y llevarlo más rápidamente a la autodestrucción. Si el ser humano moría en ello, se decía Federico, pues que lo hiciera y dejara el planeta libre para lo que viniera a continuación.

Quizá fue ese vasto panorama de una humanidad moribunda lo que sus viajes sucesivos le permitieron apreciar a Federico Stahl. Una suerte de exposición, por decirlo así, el panorama de los últimos tiempos abriéndose camino hacia su inconsciente y más allá. Así, había descubierto aquel primer MiG-15 en Varsovia, en un depósito de chatarra, después de intentos infructuosos de adquirir aviones de museos menores en Rusia y la República Checa. La foto de Internet que lo puso en la pista mostraba una pirámide trunca hecha de heladeras, televisores CRT de 45 pulgadas, carrocerías de automóviles, ómnibus, camiones y tractores, lavarropas, máquinas de escribir, impresoras, fotocopiadoras, faxes y el resto de ítems en una concebible línea evolutiva de la tecnología.

La foto sugería una vocación estética a la hora de disponer toda aquella basura, pero al momento de verla en persona Federico entendió que no había sido sino una ilusión de la perspectiva: era la chatarra en un tiradero, y el hecho en principio asombroso de que junto a un calefón y a una cocina barata de la década de 1990 asomara la trompa de un MiG-15 no debía atribuirse sino al azar, el lado izquierdo de un ciclo que avanzaba hacia la desintegración de las formas y la pérdida de la diversidad: aquellos aparatos viejos —los del almacén de chatarra en Varsovia pero también los de todas las otras chatarrerías, todos los basureros, fondos descuidados y complejos industriales y científicos abandonados— se encaminaban hacia la fusión completa e indiscriminadora: un estado postecnológico del plástico y el metal, una marea de ruido blanco que avanzaba como un cáncer desde lo más profundo de aquellos productos de la industria, el diseño y la ciencia justo para ser interceptada por Federico, por la energía que restablecería diferencias, restauraría lo carcomido por el tiempo y ordenaría, lejos de basureros y chatarrerías, todas aquellas máquinas hermosas. Al menos hasta que la energía desapareciese en un mundo posterior a las grandes crisis que tanto Federico como McCrausen adivinaban para el futuro; allí aguardaba otra forma de decadencia y otra forma de destrucción, propulsadas por el agua, la nieve, la luz y los caminos naturales de la energía, que harían aparecer musgos, plantas, gusanos e insectos hasta que un destino cósmico más terrible diera cuenta del planeta, miles de millones de años en el futuro.

En cierto sentido, la búsqueda de los viejos testigos y actores de ese mundo soviético equivalía para Federico a mantener una serie de hogueras encendidas en un mundo que marchaba hacia una nueva y definitiva era glacial; era una suerte de micropolítica de la entropía, y en los últimos tiempos, con la ansiedad creciente del avión que permanecía aún escondido, inalcanzable, más que cansarse de un trabajo Federico sentía que lo suyo era una cruzada, como si el MiG-25 al que tendían todas las líneas fuese el equivalente del Santo Grial, el punto de fuga espiritual de un mundo mecanizado.

No eran pocas las leyendas urbanas: una fotógrafa llamada Adalinde le habló de un cementerio de aeronaves legendario, ubicado no se sabía exactamente dónde, al norte, en la frontera rusa con Finlandia, cerca de la ciudad de Dudinka o en Nueva Zembla. Ahí habían sido avistados aviones experimentales, prototipos, diseños fallidos y también, dijo la fotógrafa, una alemana de treinta y pico de años que parecía saber tanto de aviones soviéticos como Federico, varios MiG y SU además de un Tupolev TU-95, un Mayasischev VM-T, un Antonov An-22 y un Beriev Be-12.

El segundo avión que compró para McCrausen fue también un MiG-15, pero en su vertiente de entrenamiento o UTI. En esa ocasión no fue necesario viajar: Federico había leído que el Museo de la Aviación de Finlandia Central había restaurado recientemente dos MiG-15 UTI para su colección y conservaba otro en sus depósitos, en espera de un futuro trabajo de puesta a punto. Tras una breve entrevista con un agregado cultural del consulado de Finlandia en Nueva York fue fácil contactar a los administradores del museo y así concretar la compra.

La restauración del MiG-15 polaco llevó tres meses; Stahl recomendó que se lo dejara con el metal natural propio de los primeros MiG al servicio de la aviación polaca y se mantuviera el número 106 en la trompa, pero McCrausen prefirió un esquema de camuflaje posterior y más vistoso, verde, marrón, gris y celeste, con el número 8020 tomado de una fotografía que el propio Federico había elegido para su libro sobre los primeros MiG.

En cuanto al MiG-15 UTI finlandés, McCrausen había decidido —mucho antes de contratar a Federico, cuando soñaba con el momento, que sabía lejano, en que contemplaría los MiGs de su colección— que su primer MiG-15 UTI habría de reproducir, a modo de homenaje, el avión con el que se estrelló Yuri Gagarin el 27 de marzo de 1968. El MiG fue llevado entonces a su metal desnudo, pulido cuidadosamente y decorado con el número 625 en rojo, además de la estrella soviética de rigor en la cola y hacia el extremo posterior del fuselaje.

Después, en La Habana, Federico descubrió un MiG-21 PFM en exhibición, junto a otros aviones, cañones y misiles, en las afueras de la Fortaleza de los Tres Reyes del Morro. El gobierno de la isla se rehusó a venderlo, pero uno de los funcionarios con los que habló Federico lo puso en la pista de la Ciudad Nuclear en Cienfuegos, donde se levantaba todavía la incompleta —y ya entonces en ruinas— central nuclear de Juragua.

El edificio había sido comenzado en 1983 como parte de un proyecto que incluía doce reactores a base de agua presurizada, de los primeros de factura soviética a ser puestos a trabajar en el hemisferio occidental y, además, en un entorno tropical; para 1992, sin embargo, la construcción fue suspendida con dos reactores todavía lejos de encontrarse en estado operacional. Federico se alojó en un hotel relativamente cercano a la construcción abandonada y se largó enseguida a explorar. El funcionario que lo puso en la pista le había dado el nombre de un antiguo empleado de seguridad de las obras en la planta nuclear, pero no fue fácil conseguir su dirección y Federico terminó concluyendo que el hombre simplemente se había mudado vaya a saberse dónde.

Para la segunda semana los empleados del hotel y los vecinos de la zona habían apodado a Federico el *hombre nuclear*. Algunos de ellos incluso lo ayudaron —dólares mediante, por supuesto— a saltearse las barreras de exclusión de civiles y turistas que impedían el acceso a la planta nuclear abandonada. Federico, entonces, pasó casi una semana en creciente fascinación, recorriendo las calles polvorientas que dividían el complejo de edificios. Uno de sus informantes, un pibe de La Habana que se presentaba como el rey de los alucinógenos de la isla, con un ojo desviado y buena parte del costado izquierdo de su cuello quemado, le había vendido una bolsita llena de champiñones blancos que parecían tallados en huesos viejos, y Federico comía tres o cuatro con el desayuno, en el hotel, antes de salir a investigar la Ciudad Nuclear. Allí, incluso al margen del efecto de aquellos hongos, lo maravilló el paisaje de pueblo fantasma, de navío vacío y a la deriva en el océano o de estación científica abandonada en alguna llanura antártica. Después fue desarrollando un gusto especial por contemplar cómo impactaba la luz del sol los edificios de la Ciudad Nuclear, enormes losas de hormigón gris que rodeaban la geometría arruinada de la estructura central. Y allí Federico alucinó o soñó un templo gigantesco, el mausoleo de la era socialista, coronado por dos grandes cúpulas que, como deidades gemelas y a la manera de los Argonath de *El señor de los anillos*, adelantaban sus manos abiertas para demandar al viajero que no avanzara más.

Quién sabe qué subsuelos sí fueron terminados, qué experimentos de tolerancia a la radiación o de apertura de portales a otros universos habían sido o eran conducidos bajo esa cúpula doble. Y, en una suerte de preludio a lo que encontraría en el desierto kazajo, Federico creyó entender que podía quedarse para siempre en Ciudad Nuclear, que podía hacer su refugio entre las ruinas, dejarse crecer el pelo, la barba y las uñas y convertirse en otro fantasma de la era soviética. No debía ser el único, por cierto, aunque después se le hizo difícil desentrañar cuáles del reparto de personajes que recordaba (el rey de los alucinógenos, el imitador que trabajaba en el hotel y era algunos días Michael Jackson, otros Bono y los menos Kurt Cobain, la chica idéntica a Audrey Horne) habían sido algo más que alucinaciones o productos de su imaginación. Pero en el corazón de su estadía en

Cuba sus ojos, concluyó, se habían acostumbrado o reformateado a ese otro plano de la realidad que intersectaba aquella zona de la isla y la deformaba ligeramente, abriendo el vacío necesario para que se precipitaran allí todas las pesadillas del antropoceno.

No otra cosa que un compendio de apocalipsis, de fines del mundo en la segunda mitad del siglo XX, desde el 16 de julio de 1945, tantas catástrofes que jamás habían alcanzado a pleno la historia *real* y permanecían más o menos instaladas en sus propias cronologías, mundos paralelos en los que él, Federico, vivía como un vándalo de la carretera o un demente visionario consultado por los señores punk de la guerra a la *Mad Max*. Era una red mundial de tiempos alternativos, una telaraña que conectaba Chernobyl con Trinity, Three Mile Island, Castle Bravo, Amachitka, Semipaltinsk, Bikini, Maralinga, In Ekker, Reggane, Moruroa y Eniwetok y por la que circulaban fantasmas de fetos deformes, astronautas reducidos a cristales retorcidos y altos campesinos con los ojos horadados y las manos estalladas en larguísimos dedos supernumerarios: una historia ligeramente atrás (o adelante) de la real y cuyos cuerpos deformaban la superficie del presente como pruebas de un crimen mal escondidas por una sábana en el piso. Federico, entonces, se había vuelto en sus sueños el *interface* de carne de esa serie de catástrofes en el paisaje mental de la Guerra Fría.

Después, ya despierto, ya libre del efecto de los hongos, creía que las cúpulas de la Ciudad Nuclear habrían de convertirse en una escultura, una imitación del estallido de la Tsar Bomba sobre Nueva Zembla, sólidas, detenidas para siempre en el tiempo como hongos que crecieron de la historia y rebasaron el final de todas las cosas.

Descubrió finalmente un MiG-21 F13, en el fondo de una casa del otro lado de la bahía de Cienfuegos. Entre los niños que jugaban alrededor del caza —sorprendentemente bien conservado y con el número 411 todavía legible en dígitos rojos sobre un camuflaje tropical— Federico sintió que despertaba de una siesta densa y laboriosa, al sol durante febrero, fundido en el resplandor del mar. En cuanto al MiG, los niños lo llamaban *el avión del pueblo* y se subían a sus alas rotas para cantar *pioneros por el comunismo, seremos como el Che.*

La gestión de los permisos para sacar el avión de la isla se llevó dos meses más, que Federico pasó en un hotel de El Vedado, en La Habana. Por momentos sentía que estaba convaleciendo en la versión tropical de un hospital de montaña, como en *Los adioses* o *La montaña mágica.* No le comentó nada de esto a McCrausen, pero sí le mostró algunas fotografías de la Ciudad Nuclear, todas tomadas de lejos, como si quisiera evitar el acceso a una vergüenza no del todo oculta.

En los años que siguieron Federico reunió en el hangar de McCrausen un buen número de MiG-21. El primero que descubrió después de su regreso de Cuba pertenecía a la variante SMT y fue comprado a un museo ruso; apenas fue necesario restaurarlo, y se quedó en su camuflaje arena, verde, verde oscuro, marrón y celeste. El segundo, un modelo bis de la ex Yugoslavia y comprado a un coleccionista macedonio, terminó restaurado en su metal natural con la cucarda yugoslava y la bandera alargada a lo largo de la cola.

La lista de los aviones comprados, rescatados y descubiertos por esos tiempos por Federico para McCrausen incluyó también un Su-7 indio, un Yak-28 comprado a un coleccionista lituano y un Su-11 que Federico descubrió abandonado en Saratov; el grueso de la colección, sin embargo, estaba conformado por todos los diseños principales de cazas MiG, algunos de ellos en más de una variante de modelo, hecha la excepción del MiG-29, que, además de haber presentado el inconveniente —a la hora de procesar los pasos burocráticos necesarios para la adquisición, el traslado marítimo y el ingreso a Estados Unidos— de encontrarse todavía en producción, era también el único avión de combate de origen soviético por el que McCrausen sentía un verdadero rechazo, quién sabe por qué.

Si bien la colección solo iba a quedar «completa» cuando cada modelo estuviera representado por todas sus variantes y fuesen comprados todos los aviones que hubiesen servido en alguna parte del mundo como caza o interceptor entre 1948 y 1991 —algo que tanto McCrausen como Federico sabían que era muy poco probable, por no decir imposible, y que permanecía más allá del horizonte del éxito en la empresa—, había dos aviones en particular que se habían vuelto el santo grial de la colección. Ambos eran interceptores y por los dos sentía McCrausen una fascinación especial; el primero en un orden digamos *histórico* era el Sukhoi Su-15, una suerte de misil de 20 metros de largo apenas disfrazado de avión; había sido operado por la Unión Soviética y heredado por la fuerza aérea rusa y la ucraniana, pero los pocos ejemplares sobrevivientes permanecían, después del retiro oficial del modelo, en una reserva de emergencia que imposibilitaba su venta a coleccionistas privados. Por esa razón Federico lo había dado por perdido, al menos hasta que la condición de reserva fuese derogada o apareciese un ejemplar en el mercado negro.

Esa resignación no afectaba al otro gran ausente de la colección. Se trataba del MiG-25, el *monstruo*, como lo llamaba McCrausen, un interceptor de la década de 1970 célebre por su inutilidad para cualquier cosa que no fuese salir disparado como una bala de titanio de 21 metros de largo y alas de 60 metros cuadrados, a tres veces la velocidad del sonido para interceptar bombarderos estratosféricos supersónicos.

Había cazas más grandes (el Tupolev Tu-28, por ejemplo, medía casi diez metros más de largo), más inútiles y más extraños, pero el MiG 25 podía pasar cómodamente por el símbolo perfecto de la Guerra Fría. Los soviéticos se habían enterado durante la década de 1960 de los planes de Estados Unidos y la OTAN de construir los mencionados bombarderos —que volarían a una altitud superior a la de cualquier otra aeronave cargados de armamento nuclear— y, para contrarrestarlos en la consabida carrera armamentística, fue propuesto un interceptor capacitado para derribarlos. El Su-15, uno de los interceptores más exitosos de la fuerza aérea soviética, no parecía la mejor opción, en tanto apenas podía superar dos veces la velocidad del sonido; un avión más poderoso se volvía necesario, y la respuesta de los ingenieros detrás de los MiG fue crear una de las máquinas de guerra voladoras más terribles que hayan volado.

Cuando Estados Unidos abandonó el proyecto de bombarderos supersónicos —en favor del uso de misiles intercontinentales— el MiG-25 se volvió una monstruosidad inútil. Algunos aviones fueron vendidos en pequeños números a países satélites de la Unión Soviética, así como también a India, Libia e Irak; para 2010, cuando Federico alcanzó el punto álgido de su obsesión por encontrarle un espécimen a McCrausen, el avión era operado únicamente por las fuerzas aéreas de Siria y Argelia. De hecho, este último país conservaba la para nada deleznable cifra de catorce MiG-25, mientras que en el caso de Siria se trataba apenas de dos.

Las investigaciones comenzaron por ambos países. Federico encontró documentos que establecían la compra de veintiséis MiG-25 por parte de Siria, incluyendo dos del modelo de entrenamiento o MiG-25PU, de modo que no parecía desatinado suponer que si quedaban apenas dos en funcionamiento debía haber por alguna parte del territorio sirio al menos un ejemplar lo suficientemente averiado como para haber sido descartado del servicio o los museos pero, a la vez, ser todavía distinguible de un montón de chatarra. Era apenas una especulación, pero sirvió para animar a Federico a viajar a Damasco y Alepo e investigar en el clima de agitación que se vivía entonces, en las vísperas de la guerra civil de 2011, antes de que Siria se convirtiese por no poco tiempo en un estado fallido. Y no encontró nada, por cierto, excepto pedazos de uno de los timones de cola, pagados a un precio exagerado a un chatarrero, y unas cuantas fotografías de los dos aviones en operación, que en realidad juntaban polvo y arena en un hangar del desierto.

Para esos momentos de su búsqueda del MiG-25 Federico estaba lo suficientemente obsesionado como para permitirse

—bajo el pretexto de negociaciones posibles— viajes a museos, colecciones privadas y hangares militares con el único objetivo de *contemplar*. Estaba, por ejemplo, el MiG-25 exhibido en el Museo Nacional de la Fuerza Aérea estadounidense en Dayton, Ohio, que había sido desenterrado en 2003 en el desierto iraquí, a 250 kilómetros de Bagdad. Federico pasaba tardes enteras fotografiándolo —al principio esgrimió como justificación sus credenciales de escritor de temas vinculados a la aviación; curiosamente, uno de los empleados del museo había leído el libro sobre el MiG-15 y colaboró entusiasmado en lo que pensó como tareas de investigación para un proyecto de escritura—, dibujándolo o recorriendo sus contornos con la mirada, más o menos de la misma manera que había hecho con las formas de los reactores abandonados en Cienfuegos.

A la vez, el relato del descubrimiento del avión en Irak empezó a alimentar su esperanza de encontrar un espécimen en condiciones semejantes, cosa que ocurriría recién dos años más tarde y con circunstancias que complicarían bastante la situación.

Viajó también a Ucrania, a Vinnitsia, donde había sido puesto en exhibición un MiG-25 variante RBS en los jardines del museo de la Fuerza Aérea. Le pareció el mejor conservado de los que había visto hasta entonces, espléndido en su pintura gris y adornado con un diecisiete rojo debajo de la cabina, más una línea del mismo color que atravesaba la toma de aire y continuaba por debajo de las alas. Un poco más dañado estaban los MiG-25 que vio en India, un 25R en Palam, en el museo de la Fuerza Aérea, y dos de la variante U de entrenamiento en Kalaikunda, Bengala Occidental.

Federico había descubierto en el MiG-25 la metonimia perfecta de una época, y del mismo modo que esa segunda mitad del siglo XX marcada por la Guerra Fría y dividida por la Cortina de Hierro, con sus misterios soviéticos preglobalización, su carrera armamentística y espacial, sus programas nucleares y sus explosiones experimentales, le parecía cada vez con más claridad un mundo mejor y más brillante; el MiG-25, decidió en su hotel de Kolkata, había atraído para sí y retenido todas esas cualidades. La imagen de uno de ellos enterrado en el desierto, abandonado en la jungla o cubierto por la nieve en aquel cementerio de aeronaves cuya leyenda seguía saliéndole al paso desde más fotógrafos, periodistas, teóricos de las conspiraciones, novelistas de ciencia ficción y *geeks* de la aviación, le resultaba la forma perfecta y condensada de tantas historias que presentía arquetípicas, esquemas narrativos básicos o subyacentes a todas las novelas y relatos posibles, desde *Frankenstein* hasta el ciclo del Grial.

Estaba *Moby-Dick*, por ejemplo, y en sus sueños en el desierto, no mucho después de su estadía en la India o de su visita a Finlandia, donde pudo subirse a la cabina de un MiG-25 conservado en una colección privada (su dueño le dijo a Federico en un inglés prolijo y tenso que no lo vendería *ni por el tesoro completo del mundo*; Federico sintió que su mente y la del coleccionista finlandés, un hombre de edad avanzada y con ojos de distinto tono de gris, estaban resonando en la misma frecuencia), los tres pedazos del MiG-25 semisepultados en la arena se convertían en los restos de la ballena blanca, encallados en un atolón del pacífico con las costillas abiertas a las nubes como ojivas y arbotantes en la arquitectura definitiva a la que tendía toda construcción humana, desde un acelerador de partículas hasta un *shopping*. Y los restos varados sobre la arena húmeda, que podían ser también los de un kraken o los de la mítica serpiente marina que rodea el océano, marcaban la frontera en el tiempo de un mundo en el que había existido la magia, perdida ahora para siempre. Federico era entonces un Ahab que había sobrevivido a la carnicería, liberado por fuerzas desconocidas del gesto intolerable de matar a la criatura maravillosa y convertido en el testigo terminal de ese mundo extinguido.

Ya ante la catedral, entonces, en el desierto, Federico Stahl pensaría demasiadas veces que el evento psíquico implícito en su contemplación había desbordado el presente e irradiado hacia el pasado, donde terminaba por disponer su sustancia en dos nodos o variaciones menores, separadas por pocos años: su precepción de la ciudad nuclear en Cuba y los días que pasó contemplando el MiG-25 en Finlandia. Federico, entonces, había concluido que su reciente experiencia ante la catedral le permitía reinterpretar el pasado y entender que toda su memoria había sido formateada retrospectivamente. Y si la idea tenía algo de cerebral, de despegado de la experiencia inmediata, Federico sintió que todo eso que había faltado en cada una de las experiencias de su vida donde a un estado visionario se le había podido descubrir — como quien retira una máscara hermosa y encuentra la cara sin gracia de un vecino— una cualidad fría, artificial o razonada, se concentraba ahora en la catedral, volviéndola más real que cualquier cosa sentida como real en su memoria.

Y esa revisión de su vida era un verdadero descubrimiento. No conocía bien su pasado, decidió, *no lo había entendido jamás*, y pasaba a adentrarse en él como quien avanza por un hangar a oscuras equipado nada más que con una linterna de poco poder. Pero había más: el hangar estaba apenas fresco y soplaba una brisa tenue y húmeda que habría hecho pensar en un cielo nocturno y veraniego de no mediar la certeza de encontrarse en un espacio interior, cerrado al mundo. Aunque quizá ya no había mundo: el fin de todas las cosas había llegado y Federico tenía todo el tiempo imaginable para explorar lo único que había sobrevivido, bajo aquel techo altísimo y entre paredes que apenas recordaba haber visto, días, horas o años atrás.

O quizá estaba loco, pensaba a veces, y el proceso no había sido sino el de tres golpes o asaltos de intensidad creciente, con un tercero que terminó por derribar toda barrera entre su paisaje interior y el que había entendido toda su vida como el exterior.

Pero esa sensación de locura se parecía demasiado al esquema en que adquiría relieve —como una silueta que asoma desde una niebla de ruido blanco— la figura legendaria del capitán Ahab, que había creído ver en la ballena blanca la zona de mayor delgadez en la membrana del mundo y sabido que algo se movía más allá. Y que su movimiento, curiosamente, parecía no obedecer propósito alguno o seguir un patrón distinguible. Federico, entonces, se contó su vida como la búsqueda incesante del MiG-25 o, mejor, de eso que realmente *significaba* el avión y que había llegado demasiado tarde, como aquel kraken o ballena blanca muertos en una costa lejana.

La fuerza aérea de Kazajistán fue la cueva del tesoro. Para 2010 contaba con tres MiG-23 todavía en operación, doce MiG-27, veinticinco Su-24 y nada más y nada menos que catorce MiG-25, además de un gran contingente de aviones recientes, entre ellos treinta y nueve MiG-29 y trece Su-27.

Los MiG-25 permanecían en sus hangares y eran movilizados apenas para la exhibición anual de las fuerzas armadas, en la que desfilaban junto a tanques T-72, vehículos de combate BMPT y lanzaderas de misiles OTR-21. Por estar en servicio eran completamente inalcanzables, pero había algo en su número que a Federico le pareció esperanzador. Sin duda, pensó, en los tiempos de la República Socialista Soviética Kasaja el número de MiGs estacionados en el territorio debió ser superior; a la vez, valía la pena intentar un rastreo de transferencias de aeronaves entre la Federación Rusa y la República de Kazajastán posteriores a 1991, en busca de aviones ausentes en conteos posteriores. Le llevó tres meses a Federico mover los contactos necesarios para obtener las cifras, y a partir de allí quedó claro que en Kazajastán había habido mucho más que catorce MiG-25. Ya que ninguno de ellos estaba exhibido en museos ni los pocos coleccionistas que habían adquirido ejemplares del avión declaraban haberlos comprado al estado kazajo, Federico concluyó que debían encontrarse, como en tantos otros casos, en chatarrerías, desmantelados o abandonados quién sabe por qué rincón del enorme país.

En marzo de 2011 viajó por primera vez a Astana, donde

pasó dos semanas recorriendo la ciudad, sin éxito en cuanto al MiG-25, para después investigar en Almaty y Karaganda, donde conocía —se habían escrito por e-mail varias veces cuando Federico necesitó datos técnicos que no aparecían en los libros de referencia estándar sobre el avión— a un especialista kazajoalemán en el desarrollo del MiG-21. El hombre era hijo de alemanes deportados a Siberia en tiempos de Stalin, y Federico escuchó sus historias con atención pese a que fue muy poco lo relacionado con el MiG-25.

Un segundo viaje a fines del mismo año le permitió indagar en ciudades menores como Taraz, Oskemen y otras capitales regionales. Allí, la convicción de que las chatarrerías y los basureros implicaban un callejón sin salida se instaló firmemente en Federico, como si una fuerza activa, una asociación o hermandad, hubiese revisado todos los depósitos de chatarra para llevarse cualquier pedazo de MiG 25.

De regreso en Estados Unidos pasó días enteros indagando el territorio kazajo en Google Maps, alimentado por el redescubrimiento de la historia de un MiG-25 encontrado en el desierto iraquí. Después, ya ante la catedral, llegaría a la conclusión de que aquellos días y semanas de búsqueda —que agotaban el poder de la plataforma con zooms extremos— no habían sido otra cosa que un presagio, como si algo en él hubiese sabido dónde buscar.

Sin embargo, en ningún momento indagó en el suroeste del país, en la frontera con Kirguistán, que fue donde encontró finalmente el avión y la catedral. Empezó contemplando los contornos del antiguo Mar de Aral, que debido a los grandes proyectos soviéticos de irrigación de la década de 1960 se había reducido a un diez por ciento de su área original. Ya para 2010 podían distinguirse dos lagos mayores enfrentados en un eje este-oeste y una serie de masas menores de agua al norte; dos años después, el lago más grande al sureste se había secado casi por completo.

Las fotografías que aparecían en Google Maps mostraban una inmensa extensión de un color turquesa pálido que a

Federico le recordaba aquel viejo mapa del fondo de los océanos que tanto lo había fascinado de niño; la posibilidad de que un MiG derribado o desechado apareciese en aquel nuevo desierto le pareció inmensa, y convenció a McCrausen de la necesidad de un tercer viaje a Kazajistán y Uzbekistán: en sus fantasías esa región estaba habitada por barcos en ruinas en los que maestros olvidados del diseño instalaban sus tiendas de repuestos y artefactos ingeniosos que proyectaban una historia alternativa de la tecnología.

Claro que no navegaría a ciegas. Escribió a todos los contactos que había hecho en sus dos viajes anteriores e insistió en que le hablaran de cualquier rumor o leyenda local relacionada con los restos de alguna máquina de guerra soviética, fantasmas de aquella zona más brillante y rabiosa de la historia; supo así de esqueletos de MiG y Sukhoi que arañaban las pesadillas de cientos de niños en ciudades como Arkalyk o Kostanay, de los cuerpos vaciados de tanques demasiado erosionados o de helicópteros Mi-26 alrededor de los que proliferaban viviendas precarias en las afueras de Ekibastuz. Pero nadie sabía identificar un MiG-25, como si la gran bestia blanca de la Guerra Fría se hubiese perdido en el olvido.

Había fijado el viaje para junio de 2012. Los meses previos a la partida —que sería de hecho el fin de su vida en más de un sentido— los pasó insistiendo con Google Earth, y la fascinación por el extinguido mar de Aral lo llevó a observar detenidamente las zonas de la frontera entre Kazajistán y Uzbekistán, así como también buena parte de ese último país, en particular la zona inmediatamente al sur del Aral.

La llamada sabiduría popular establece que no existen las coincidencias, y más allá de la dificultad semántica implícita al tratar el tema y de la necesidad antropocéntrica de establecer una «voluntad» por detrás del asunto, sea la del «universo» o la de una deidad con intereses y objetivos personales, resultó que mientras Federico seguía en sus mapas la línea que conecta Jasliq con Karakalpakiya, en Uzbekistán, y se prolonga hacia la villa de Beyneu, ya en Kazajistán, al norte de Ustyurt, uno de sus contactos kazajos le hizo llegar por *mail* una serie de coordenadas. Tres, específicamente, todas ellas en el parque nacional de Ustyurt, en el desierto. E iban acompañadas por una historia, quizá demasiado genérica para ser creíble si no hubiera otras formas de evidencia presentes. Porque esos tres puntos trazaban un triángulo en cuya área de más o menos ochocientos quilómetros cuadrados se había «perdido» un grupo de mochileros australianos, *neohippies* o *neokrautrockers*. Al parecer, su intención había sido tan simple como pasarse de ácido, *salvia divinorum*, mescalina y DMT en el desierto, pero llegado el momento —predeciblemente— no lograron orientarse y les costó dos días llegar a Senek, la villa más cercana a la región de Ustyurt por la que habían vagado las últimas cuarenta y ocho horas medio muertos de hambre, frío y sed. Todos ellos, entonces, recordaron haber visto «pedazos de un avión muy grande, con estrellas rojas en las alas», que en la foto que uno de ellos había tomado con su celular lucía claramente como un MiG-25.

McCrausen decidió que Federico alquilaría el equipo necesario y contrataría a los trabajadores para operarlo en Aktau, a unos 250 kilómetros de Ustyurt; la foto de los australianos mostraba apenas una porción de fuselaje —cuya forma permitía la identificación del avión casi sin dejar lugar a duda alguna, aunque dada mucha, *demasiada* mala suerte podía ser un MiG-31— con la estrella roja de la fuerza aérea soviética, que seguramente fue lo que les llamó la atención. Mirándola con cuidado se comprendía que el avión estaba enterrado en la arena casi hasta el nivel de las alas, que el ala izquierda faltaba y que la parte trasera del avión había sido deformada, quizá por una colisión —lo que, por cierto, explicaba qué hacía el avión allí.

Federico trató de localizarlo en Google Earth, pero más allá de algunas formas sospechosas en 43°05'38.6"N 54°31'52.9"E, nada sacó en limpio. En cualquier caso, así estuviese partido en veinte pedazos, McCrausen y Federico decidieron correr con todos los gastos y trámites necesarios para llevar el avión al hangar; su reconstrucción, después de todo, no podía ser imposible, así se convirtiese en el equivalente de reconstruir el esqueleto completo de un dinosaurio a partir de un pedazo de fémur.

Ya en Aktau Federico alquiló una 4x4 equipada para el desierto y lo que estimó podía ser una semana completa de investigación. Su experiencia de supervivencia en condiciones relativamente extremas era mínima, pero dormir en la 4x4, provista con un par de baterías de emergencia y aire acondicionado, no parecía una opción incómoda. Llevaba suficiente agua y comida enlatada como para diez días y contaba además con GPS y un teléfono satelital; los australianos, pensó, mucho menos equipados y con el hándicap de los alucinógenos, habían logrado estar de vuelta y enteros en cuestión de días.

Llegó al edificio de la entrada a la Reserva Natural cerca del mediodía, tras un viaje no del todo sencillo por carreteras descuidadas. Allí programó el GPS con el más cercano de los vértices del triángulo, que delimitaba una suerte de garganta, probablemente un mar o lago seco cientos de miles de años atrás. La computadora de la 4x4 señalaba una temperatura de diez grados, pero Federico se sentía a gusto con el desierto (al que sin duda hacia equivaler su presente, su proverbial desierto de lo real) y el sol frío y agresivo. Le pareció que la sequedad del ambiente lo haría consumir más agua de la que había supuesto, por lo que sus reservas no habrían de durar todo lo pensado. Pero no tenía importancia: siempre podía volver a reaprovisionarse a Aktau o a alguna de las villas más cercanas.

Ese día no encontró nada especial, nada parecido a los pedazos de un MiG-25, pero sí las osamentas de dos grandes ómnibus que le recordaron los viejos Leyland de principios de los noventa en Montevideo. Y, ya cerca del atardecer, dio con una caseta abandonada, quizá de investigación científica, que le pareció la verdadera entrada a Ustyurt.

Así vagó tres días por el desierto. Ustyurt era básicamente una planicie, pero en la zona que investigó primero, la del triángulo trazado por las coordenadas (donde, por cierto, no encontró absolutamente nada de interés), había cauces de ríos secos, formaciones rocosas vagamente alienígenas —aunque después esa atribución le resultaría risible— y, ante todo, la gran pared de roca que delineaba la garganta. Pero sin duda los australianos se habían equivocado al marcar el triángulo como lo habían hecho. Federico dejaba la 4x4 y caminaba en busca de los puntos de mejor perspectiva para plantarse allí y usar los binoculares. Hubiese bastado cualquier centelleo metálico para hacerlo correr pero, fuera de sus sueños, nada de eso ocurrió durante los primeros días, así que debió adentrarse en dirección a Boszhira para sentir que estaba en la pista. Porque, como si ingresara a un territorio sospechosamente parecido a ese espacio ideal al que se sumaban localizaciones diversas de sus sueños a lo largo de los años o, mejor, a la decoración que cabría inferir para su paisaje mental en virtud de sus obsesiones, llegado el cuarto día de exploración de Ustyurt descubrió Federico su primer avión estrellado.

No era un MiG-25; ni siquiera era un avión soviético, pero eso, quizá, era todavía más significativo. Ante la ruina de un gran F-15, entonces, Federico sintió que el mundo representaba para él la escena de *Apocalypse Now* en que Willard y la tripulación encuentran, río arriba, un avión destruido entre los árboles. Era como si alguien hubiese usado al caza formidable —uno de los dos o tres mejores aviones de combate de la historia— para marcar el ingreso a todavía otra región de la realidad, pasada ya aquella caseta que le dio a Federico la certeza de que había entrado al verdadero desierto. Ahora, pensó, no estaba solamente lejos de la civilización sino de todo lo humano: aquel avión estrellado se le apareció como un símbolo del fracaso implícito en la construcción de cualquier máquina, de cualquier aparato concebido como la extensión de una posibilidad humana para infligir un cambio en la realidad física. El F-15, de hecho, parecía clavado en la arena, con la nariz enterrada hasta la cabina y el plano de las alas crucificado en el espacio con el lado izquierdo más caído y adelantado que el derecho, en una suerte de parodia constructivista de la crucifixión, no muy diferente a la imagen de King Kong exhibido en Nueva York.

Más adelante encontró un MiG-15, enterrado como la esfinge de Egipto, y todavía más allá un tanque soviético T-34. Le pareció que seguía un rastro de miguitas o los nudos en un hilo de Ariadna de otra manera invisible; ya para entonces se le aparecían con insistencia los recuerdos de Cuba y Finlandia, de la Ciudad Nuclear y la cabina del Mig, curiosamente equivalentes, como dos fotografías del mismo objeto realizadas bajo diferentes radiaciones del espectro electromagnético.

El Mig-25 apareció en el horizonte avanzada la mañana del quinto día. Cuando Federico atisbó un centelleo doscientos metros más adelante supo que no podía tratarse de otra cosa y aceleró la 4x4. Estaba ahí nomás. Como un explorador del siglo XVI saltó de su chalupa y corrió hacia las ruinas del avión, que le parecieron el centro de un cráter gigantesco que se extendía en el tiempo y en el espacio y, así, llegaba hasta su viejo barrio en Montevideo y a la década de los ochenta. No muy lejos le pareció detectar un camino en el desierto, una línea que se le antojó nerviosa y múltiple, como un manojo de nervaduras, pero supo que aquello no podía llevarlo de vuelta a la civilización sino que su trazado pertenecía a otras épocas, no importaba si pasadas o futuras.

El avión estaba partido en tres y era difícil descubrir, dado el arreglo de los fragmentos, la posición desde la que los australianos habían tomado sus fotos. Quizá todo había sido una tomada de pelo, urdida por gente que ignoraba que no tan lejos de donde habían marcado su fraude estaba la cosa real. Pero el avión también podía haberse movido con una tormenta de arena o avanzado en ese proceso de desmonte que le había arrancado un ala y partido el fuselaje por la mitad.

Se le apareció de inmediato una imagen de King Kong que no pertenecía a ninguna de las películas del canon: el cuerpo destrozado del simio abierto sobre la calle, al pie de las torres de la capital del imperio, con la sangre todavía fluyendo hacia las alcantarillas y los subterráneos. Algo había infligido aquel daño al avión derribado, pensó Federico, y era un daño que trascendía la destrucción de la maquinaria de vuelo o la integridad de la estructura, así como también a un mero encuentro en el cielo entre enemigos. Federico sintió ganas de llorar, como si aquel enorme artefacto de guerra, una máquina de matar después de todo, no fuese sino un ave noble abatida por cazadores estúpidos, un albatros que se desangraba sobre el muelle con el cráneo aplastado. Era una vez más el último kraken, la ballena blanca varada en un atolón, y Federico empezó a tocar, a acariciar los paneles, los remaches, las entrantes y salientes de aquella máquina fracturada.

Fue al día siguiente que encontró la catedral. Había pasado los días de su búsqueda en el desierto completamente estreñido, y atribuido la situación a la carne enlatada y el arroz cocido en el pequeño microondas de la 4x4, su almuerzo y su cena, las únicas comidas que hacía en el día. Determinado a racionar sus alimentos, convencido de que la búsqueda iba a ser larga, bebía apenas el agua que consideraba el mínimo necesario y eso, pensó, también debía haber influido en el estado de sus intestinos. Pero a la mañana siguiente un fuerte deseo de cagar lo despertó, aunque no fue lo suficientemente imperioso como para que se bajara los pantalones allí mismo, en presencia de la ruina del avión. Tenía que alejarse, entendió, para no contaminar con los residuos de su cuerpo la esterilidad inmaculada del entorno, el desierto y el frío metal, así que avanzó lo más que pudo antes de que le fuera imposible aguantarse y cagó contra unas rocas a unos doscientos metros del MiG. Se limpió, cubrió la mierda con arena y, por quién sabe qué automatismo de su mirada, escrutó los alrededores.

Apareció a otros tantos cientos de metros: una gran roca erosionada y del color de los huesos. Era la única elevación en la planicie de tierra seca y compacta, y una segunda mirada, más curiosa, reveló unos perfiles que a Federico le resultaron difíciles de precisar. ¿Apareció allí la oportunidad de desestimar lo que veía como un accidente más del terreno, algo completamente carente de interés, o ya todo había sido determinado de antemano? Federico miró hacia atrás, como si quisiera chequear que el MiG siguiera allí, que la 4x4 mantuviera su guardia a una distancia respetuosa, y avanzó.

La ambigüedad del contorno se adueñó de su campo de visión a medida que fue acercándose. Bastaba con cerrar los ojos por un par de segundos para que la imagen nueva revelara una forma distinta; se mantenían la altura —unos ocho metros— y unas proporciones más bien cúbicas, pero a veces, estimó Federico que debido a juegos de sombra y pequeños espejismos causados por el aire más caliente en movimiento, parecían tres las agujas o torrecillas y a veces dos o incluso una sola. Pero no tardó en llegar, y allí la forma, en lugar de definirse, de colapsar a un estado único y determinado, se volvió aún más compleja.

Buena parte de la estructura estaba sepultada, como el MiG-15 que había visto días atrás, pero lo que asomaba estaba cubierto por una proliferación de pliegues, salientes, relieves, grietas, excrecencias y tumores, siempre precisos al fijar la vista pero de formas imposibles de reconocer un parpadeo más tarde, como en una inmensa mancha de humedad en la que se ha creído reconocer una cara para de inmediato olvidar cuáles eran los puntos que la trazaban o sugerían. Entonces se buscaba otra cosa, otra forma, y otra forma asomaba, en un proceso que parecía análogo al burbujeo incesante de un estanque de lava, con burbujas grandes que estallaban en cráteres efímeros, efervescencia de burbujas diminutas, clústers de burbujas medianas asociadas a otras más pequeñas, fusiones, fragmentaciones, fagocitaciones y otros tantos procesos. Solo que la simpleza esférica de una burbuja no tenía lugar en la fachada de la catedral, y Federico no tardó en presentirla de esa manera, como una catedral, una enorme construcción que envolvía y cifraba un espacio sagrado y era capaz de representar un mundo entero, fuese cual fuese.

No había rastros de puerta, pero quizá simplemente había que buscar mejor. Federico trepó la rampa de arena que parecía la mano que alargaba el desierto para palpar aquella formación; se acercó lo más que pudo a la piedra y la tocó. Sus manos registraron el equivalente táctil de un murmullo o zumbido apenas perceptible; la piedra no propiciaba una sensación de temperatura, como si el gradiente entre sus manos y la superficie de la catedral no existiera. Federico cerró los ojos y apretó aún más sus manos contra la fachada. Cabía imaginar calor y sequedad, pero no era eso lo sentido, ni tampoco el frío extremo de las noches. Simplemente no sintió, o sintió apenas ese ruido blanco de la piedra, algo que le hablaba desde otra parte, no desde la puerta de entrada que informaba de una cualidad tan básica como la temperatura. Esa permanecía en silencio, en blanco, pero desde otro lugar, desde un puerto de datos que Federico no había usado jamás, provenía un mar de ruido que se volvía más y más intenso a medida que aumentaba la concentración.

A la vez no emergía ningún patrón apreciable y pronto se volvió abrumador el *input* sensorial, así que Federico abrió los ojos. Se hizo el silencio, y la piedra no se vio como otra cosa que ese ruido pasado: la textura intrincada de la fachada había sido reproducida a pequeña escala, como en un fractal.

Se alejó, como si hubiese entendido de pronto que aquello era más de lo que podía manejar.

Trató de hacer a un lado todo lo que avanzara en esa dirección de sobrecarga: la catedral era —tenía que ser— o bien una formación rocosa gastada durante milenios por la erosión o una construcción humana, una escultura. Y cobró más fuerza aún la idea de catedral, incluso diría la *sensación* de catedral, porque era fácil pensar en ese momento que solo algo sagrado, solo un templo podía haber sido levantado allí, en el desierto. El esfuerzo de tallado implícito en una obra semejante solo podía ser puesto al servicio de una divinidad, pensó Federico poco después, ya de vuelta en la familiaridad del espacio marcado por el MiG y la 4x4; eso o la locura de un artista que se hubiese alejado de todo lo conocido para dedicar su vida entera a una obra única.

O quizá la catedral estaba incompleta. A Federico lo asombró no haberla rodeado, no haberle buscado el volumen completo, los perfiles. ¿O sí lo había hecho? En su memoria estaba ausente ese rodeo, y la catedral era apenas una fachada, casi una cosa bidimensional, acaso un objeto de una dimensionalidad fractal, de poco más que dos dimensiones y poco menos que tres, con ese excedente vertido hacia el imposible adentro de una superficie incesante, infinitamente excavada y moldeada por su textura.

Fue esa noche cuando se vio llevado hacia atrás en su memoria, hacia la resignificación o reescritura completa de su pasado. Quizá huía de un enemigo invencible y entendía que solo habría refugio atrás en el tiempo, pero también lo sintió como la necesaria limpieza inseparable del rito de iniciación.

Poco a poco, entonces, empezó Federico a representarse su vida como un paisaje que abarcaba treinta y tantos años de tiempo y veinte o treinta kilómetros cuadrados de espacio: una ciudad, de hecho, o mejor las líneas y planos de los tejados y edificios de una ciudad en el momento inmediatamente posterior a la caída del sol. La noche no se había instalado aún: el cielo conservaba un resplandor celeste grisáceo, una luz de ceniza en la que un par de nubes delgadas enfriaban sus brasas. Y esa ciudad era su vida, sintió como quien atisba una verdad simple y definitiva y se asombra de no haberlo visto anteriormente; era el lugar *real* en que había vivido. Las líneas más tenues de las nubes conformaban la imagen de sus últimos años; el paisaje más profuso y cercano a la tierra, a la vez, eran los años de sus primeros recuerdos, hacia 1980, ramas frondosas y desnudas, colores del otoño y a la vez el verde petróleo de un verano saturado, ahogado en amebas de oro.

El nivel inmediatamente superior estaba ocupado por las azoteas de los edificios, expuestas al viento y la lluvia con sus cuerdas para la ropa, sus tanques de agua, sus acondicionadores de aire de ventilas oxidadas, sus paredes manchadas por largos goteos de óxido, sus muros de gris posindustrial y las pocas ventanas iluminadas, aquí y allá, que parpadeaban con los cambios de intensidad en la luz emitida por los televisores: habitaciones a oscuras salvo por esa luz de las pantallas, habitantes invisibles excepto por sombras ocasionales en cortinas o revelaciones repentinas de un cuarto ambarino y cálido. Allí, a veces, dos cuerpos se movían y miraban hacia afuera apoyando los codos en los bordes de las ventanas, sosteniendo cigarrillos como estrellas rojas que retrocedían en la expansión del universo.

En alguna parte había una línea divisoria: la separación entre esas habitaciones iluminadas por la televisión, avanzada la década de 1980, y las azoteas oscurecidas y solitarias de la década posterior, donde Federico intuyó el contorno de su adolescencia. Más allá, entonces, hacia el cielo, estaba el tiempo reciente, y era imposible no verlo como la última resaca de la humanidad, los años inmediatamente posteriores al 2000, la sobrevida de un futuro derrumbado.

Después, ya más cercana a su final, la visión se reconfiguraba en una dimensión temporal capaz de alojar la música. Y si bien esos momentos inmediatamente posteriores al crepúsculo permanecían estáticos, el paisaje completo llevaba implícita la música o, mejor, algo que, en el sistema de percepción y cognición inmediato de Federico, era traducido como música. Primero fue una forma indistinta, como la mera sensación de un sonido, un ritmo y una armonía, pero después empezaron a desgajarse fragmentos que sonaban a composiciones más definidas, canciones finalmente, y canciones que Federico podía reconocer. En la visión de las azoteas y los pisos más altos de los edificios Federico creyó distinguir (y probablemente las canciones no eran otra cosa, una vez más, que ilusiones de una pareidolia ahora sonora), en un mapa de su sensibilidad musical: «To the Unknown Man», «Alpha» y «Pulstar», de Vangelis, «Metropolis» y «Spacelab», de Kraftwerk, «Subterraneans» y «Warszawa», de David Bowie, «Sombre Reptiles» y «Through Hollow Lands», de Brian Eno, más «The Night Watch», de King Crimson, y algunos momentos de las secciones finales de «Shine on You Crazy Diamond», de Pink Floyd. El reconocimiento obró tiempo después, bajo la forma de sueños en los que Federico se encontraba en el apartamento en que había vivido con sus padres hasta 1986 y jugaba en la alfombra y bajo la gran mesa del living mientras su padre escuchaba vinilos de una colección enorme, que en su historia real jamás poseyó. Era como si durante la visión de las azoteas la música hubiese existido en un estado hiperdenso, fragmentos que, como las flores japonesas de las que habla Proust en el primer libro de *En busca del tiempo perdido*, se expandían para abarcar canciones enteras y, por tanto, momentos completos de una vida, la de Federico, quien había amado esa música consistentemente a lo largo de su adolescencia y al comienzo de su edad adulta. Podía incluso distinguir tramos, como estratos geológicos en un desfiladero.

Fue así como Federico despertó con los últimos resabios del siglo XX descamados de su cuerpo y encerrados en el metal del MiG-25.

No tardó en formular sus primeras hipótesis sobre la catedral. Ese mismo día lo pasó entero ante aquella maraña, entre la mañana y el atardecer, en busca de la comprensión que lo eludía, de incluso una imagen definida y estable. Pronto descubrió que si observaba la fachada desde una distancia específica, no sentía esa saturación de su mente que había experimentado el día anterior; así plantada, sin embargo, la compleja textura de la catedral no solo era irreductible a un diseño único sino que todas las posibilidades parecían animarse en un movimiento incesante, una animación en la piedra —o lo que fuese la sustancia de la que aquello estaba hecho—, cuyo torrente de formas Federico iba asimilando a nervaduras, a nervios, venas, arcos, tirantes, ojivas, arbotantes, vigas, engranajes, circuitos, calles, alcantarillado, tuberías, líneas en una mano, ramas en un árbol, raíces, rizomas, dendritas y laberintos. No había manera de definir una condición de cosa viviente, de mineral o de artefacto, sino que todo el tiempo las formas sugerían la crisis de esas categorías. Y bastaba con alejarse de modo que la catedral completa fuese abarcable por la mirada para ver en ella una flor, una caverna, un automóvil, una fábrica, un robot, un edificio, un animal mitológico o un enorme cristal; entonces Federico decidió que la catedral estaba tanto viva como muerta, que era tanto natural como artificial, que se le podían atribuir tanto rasgos masculinos como femeninos y que, pronto, todos esos compartimentos se desmenuzarían en el viento, en, mejor dicho, ese movimiento incesante (y que no se desplazaba hacia ninguna parte) de las formas y las cosas que evocaban.

Además, así como Federico había sentido concentrada en el MiG-25 la historia del siglo XX, la Catedral lograba que todo lo humano se aglomerara en los alrededores y mantuviera una distancia prudencial, como curiosos que saben hasta dónde acercarse en la escena de un accidente de tránsito. Federico pasó los días siguientes examinándola desde todos los ángulos practicables, y constató una y otra vez que era imposible armar una imagen de su volumen, de su tridimensionalidad; caminar en derredor, de hecho, solo arrojaba la misma figura casi plana y su movimiento incesante.

Llegó así a la hipótesis de que la catedral era una entidad extraterrestre. *Entidad* fue el término preferido, en tanto no se podía hablar de objeto, artefacto o ser vivo, pues todo eso parecía abarcado, negado y trascendido por la Catedral. Podía, de todas formas, partirse de modelos: si era el cadáver de un ser vivo, por ejemplo, resultaba evidente que no había taxonomía de la vida terrestre capaz de incorporarlo. Y si era un artefacto, parecía en extremo difícil imaginar que aquello había podido salir de las manos o de la mente de un ser humano, dada la diferencia innegable entre la Catedral y *todas* las construcciones o máquinas humanas. Había una historia posible de los artificios humanos y la Catedral estaba por fuera; del mismo modo, era pensable una historia natural —modélica, artificial, tentativa, lo que fuese, pero visible, así fuese entrecerrando los ojos—, y la Catedral no podía ser sino un capítulo aparte, remoto, una rama completamente ajena al consabido *árbol de la vida*.

Por las noches, en la 4x4, entre sus provisiones ya escasas, Federico intentaría reconstruir esa historia ajena, alienígena.

Quizá la Catedral era la forma fósil de una criatura —o una colonia de criaturas— cuyos ancestros habían vivido y evolucionado en lo más recóndito del desierto; esa evolución había tomado caminos singulares, divergentes de los del resto de la vida terrestre, y algún cataclismo había terminado por hacer emerger a la última representación de esa rama del árbol de la vida. En una historia con esas características la cosa no era tanto una criatura extraterrestre sino más bien, pensó Federico, algo así como un *alien* intraterrestre, un reformateo de las ficciones de mundos perdidos, con criaturas incomprensibles en lugar de dinosaurios y los gigantes cavernícolas que tanto lo habían impresionado de niño desde *Viaje al centro de la Tierra*.

O, en un esquema más sencillo, quizá aquello era una nave espacial, una cápsula que terminó varada en la Tierra y enterrada por la arena del desierto kazajo, ahora liberada y a la espera. ¿Estaría llena de las proverbiales muestras de ADN (o lo que fuese que aquella vida usaba para replicarse y metabolizar, si es que aquella vida se replicaba y metabolizaba), de la biblioteca del saber completo de un mundo perdido? Poco importaba que esa biblioteca fuera ilegible, que ese ADN fuese completamente inútil para la vida conocida: después de tantos días en el desierto, como es sabido, Federico vería su voluntad enfocada y su mundo anterior, el mundo de los seres humanos, vaciado por completo. Aquello había sido liberado.

Decidió entonces que había que *entrar*. Recorrió la fachada con sus manos hasta que sintió un espacio abierto, un pliegue. Probablemente no había estado allí antes: jamás había sido visible, después de todo. Y, como si se tratara del inmenso órgano sexual de una ballena hembra, o de las toberas de una nave espacial varada en un planeta inhóspito, Federico entró como el espermatozoide final de toda la especie humana.

2

Mucho después la exploración de la ciudad fantasma de Aktau, el cruce posterior del Mar Caspio en una balsa y el avance por la Zona en que se había convertido Europa Oriental se le aparecieron a Federico como los recuerdos de un vasto sistema de sueños coordinados que bien podía haber sido soñado a lo largo de una vida entera. Ya para entonces había empezado a construir su refugio en el bosque que ocupaba buena parte de lo que no tantos años atrás había sido el oeste de Ucrania, en los alrededores de Leópolis, y recordaba versiones contradictorias de lo sucedido a partir del descubrimiento de la catedral.

Entre todas esas reconstrucciones de los hechos la más sólida era la siguiente: había pasado un número indefinido de días en el desierto, entre el MiG y la catedral, y había regresado a la civilización en la 4x4. Recordaba haber despertado en la carretera, con la camioneta sin combustible y la batería agotada. Se había bajado y cargado el tanque con los bidones de gasolina de repuesto, había instalado una de las baterías extra que llevaba en el baúl y también revisado sus provisiones: dada la cantidad de agua y latas de comida que quedaban no podía haber pasado más de dos semanas ni menos de una. El GPS señalaba que iba en dirección a Aktana, pero pronto los recuerdos se volvían un poco más confusos y algunas imágenes que creía evocar hacían posible un camino más tortuoso, por ciudades más al norte, Atyrau quizá, y centros menores, como Beyneu y Kulsary. Recordaba muy bien, además, el tiempo que había pasado contemplando un mar inmenso, sin duda el Caspio.

Una vez en Aktana todo apunta a creer que Federico

fue testigo del proceso de difusión de la cualidad de alienidad o extrañeza de la Catedral. El cambio fue gradual pero no especialmente lento, y aunque es difícil precisar fechas todo debió suceder en más de cuatro meses, dada la alternancia de estaciones que sí registraba su memoria. El proceso, en esta hipótesis o modelo de los hechos, era equivalente a un *contagio*. Poco a poco los edificios, las calles, las casas, los vehículos y cualquier objeto o maquinaria de factura humana y dimensiones superiores a las de un televisor grande o un lavarropas —Federico llegó a formular la precisión ridícula de un metro cúbico como el umbral de volumen afectado— empezaron a cambiar, a parecerse a la Catedral, como si operara un mecanismo de copiado análogo al de los virus.

Las ciudades se convirtieron en paisajes incomprensibles, más extraños que las imágenes de Max Ernst, Tanguy, Giger o Dalí; de hecho, si la obra de esos artistas no dejaba de permitir —incluso propiciar— las interpretaciones psicoanalíticas o a, digámoslo así, dar por sentado el reconocimiento de ciertas formas cargadas de significado —un falo, una vulva, un rostro, pechos, manos, alas, hojas, ojos, labios, etcétera—, por más que, incluso, ese significado fuese tensado hacia lo siniestro o lo inquietante, en el caso de la Catedral y, después, de las ciudades invadidas, Federico sería incapaz de encontrar detalles sobre los que anclar el impulso antropomorfizante.

Una tarde se había descubierto encerrado en una habitación de hotel, aún en Kazajistán, sentado ante una ventana y contemplando la ciudad. En la penumbra que él mismo se había impuesto separaba las hojas de la persiana y miraba la calle como si fuese un prisionero que intenta encontrar el patrón en los movimientos de los guardias a la vez que constataba —en esa suerte de infierno al que se había resignado— que día tras día a los edificios, a los tremendos edificios de la arquitectura brutalista sobreviviente, empezaban a crecerle ampollas, verrugas, tumores y jorobas. Las que habían sido superficies lisas y grises, entonces, apenas marcadas por la textura del hormigón, se volvían la piel escamosa de un dragón o *troll* de las cavernas. Con el paso de los días las ventanas y las habitaciones también se habían deformado: no quedaban planos en ángulo recto ni rastro alguno de poliedros regulares, y la vista completa de la ciudad se abría ante Federico como una versión en proceso de la fachada de la Catedral.

Finalmente nada fue reconocible y la ciudad no otra cosa que un mar de formas cambiantes. Federico decidió que habían pasado dos cosas más: primero, que su mente *había cambiado* —ya que de otro modo aquellas visiones debían resultarle insoportables, lo habrían quizá catapultado al terror, a la desesperación y al suicidio— y, segundo, que su mente *no había cambiado lo suficiente* como para descartar ciertos esquemas cognitivos y perceptuales. Recordaba para qué servía un teléfono, o cómo accionar una canilla, usar un cuchillo, abrir una puerta. Todo el pequeño universo de los objetos incambiados persistía comprensible y Federico podía, como de hecho hizo, tomar papel y lápiz y escribir sus hipótesis en un lenguaje que no había sido carcomido por la inquietud o la alienidad —de hecho el que acuñara esa palabra, *alienidad*, hablaba de la supervivencia de ciertos mecanismos mentales apoyados en la resistencia cosmoformateante de lo lingüístico (y *cosmoformatear* fue otro de los verbos que inventó para explicarse los cambios). Algo en él había *resistido*, a la vez que otras zonas de su mente habían cedido o, mejor, se habían *adaptado*. En la analogía del virus, de la enfermedad, él había alcanzado un equilibrio, una forma de inmunidad.

En el camino se había topado con lo que interpretó como animales contagiados, híbridos entre las formas de la vida terrestre y lo que fuese que había manado de la Catedral. Eran cosas móviles que, bajo cierta luz o desde cierto ángulo, dejaban adivinar los perfiles de un zorro o un conejo, como si fuesen intervenciones en el cuerpo de esos animales hechas en una clase de anatomía impartida en otro planeta y por seres que desconocían por completo las pautas con las que funcionaba la vida terrestre. Quizá habían sido ilusiones; después de todo, recordaba Federico, la cualidad cuasi onírica de buena parte de las imágenes que lograba recuperar se le imponía —en el residuo de sentido común que todavía operaba en su mente— como la clave de una interpretación más sencilla, conservadora o parsimoniosa de los hechos.

No había pasado lo mismo con el resto de la humanidad.

A la vez, Federico sabía que el proceso de contaminación había afectado de alguna manera su memoria. No la posibilidad de generar nuevos recuerdos; esa aptitud se mantenía, y a partir de su llegada al *oblast* de Leópolis el tiempo pareció retomar su linealidad, la posibilidad de ser reconstruido satisfactoriamente en una línea cronológica que ordenara antes y después y estableciera causas y efectos. Era nada más que esa linealidad no funcionaba retrospectivamente, de modo que el pasado inmediato se le deshacía en posibilidades alternativas y excluyentes, no solo en los alrededores inmediatos del descubrimiento del MiG —y, por consiguiente de su regreso a la civilización, del proceso del cambio y de su refugio en lo que había sido el oeste de Ucrania— sino, aunque a menor medida, en su pasado más lejano.

Del proceso del cambio recordaba a veces haber despertado en el camino y recorrido —ya no en la 4x4 sino a pie— larguísimas carreteras abandonadas con ciudades en llamas en el horizonte y edificios derrumbados en los pueblos que atravesaba. Mientras, no dejaba de cruzarse con hombres, mujeres, ancianos y niños cuyos ojos y mentes no parecían conectados al mismo mundo que él percibía; le parecieron nada más que zombis, jugando al fútbol, sentados sin razón en autos abandonados y reducidos al esqueleto de la carrocería. Pero en otras ocasiones la Catedral retrocedía en el tiempo y él la había encontrado en lo más íntimo de su pasado, en los años de su infancia, durante un verano en Punta de Piedra. Allí había explorado un monte con un amigo y descubierto una forma de la Catedral, algo pensado en una primera instancia como el cadáver de un animal o, quizá, un tronco descompuesto o petrificado. Esa noche tanto él como su amigo enfermaron; tras semanas de fiebre despertaron cambiados, inadvertidamente al principio pero, con el paso del tiempo, tan diferentes a los que los rodeaban como se sentía Federico al razonar por qué había tolerado ciertas visiones y conservado otras tantas cualidades mentales anteriores. En ese esquema Federico creía detectar el papel de lo verbal: él y su amigo, *hablando*, desperdigaban el virus. Sus palabras volvían locos a los que los rodeaban; sus palabras deformaban la realidad, *aunque no para ellos*.

Si bien ese esquema de los hechos —en que en lugar de haberse topado con una Catedral Federico había encontrado veinticinco años atrás un cadáver— parecía fácil de descartar, había elementos que valía la pena retener. Se trataba especialmente de dos, distinguibles pero también entrelazados: la idea del papel de las palabras en el asunto y la suerte de soledad o singularidad a la que él y su amigo —que, por cierto, no tenía equivalente alguno en otras maneras de reconstruir su historia— terminaban siendo arrojados.

Centrarse en esas ideas solía llevar a Federico una vez más a su imagen del capitán Ahab, y volvía a verlo solo, en una playa desierta, de pie ante los restos de Moby Dick. El viejo adversario había muerto encallado en quién sabe qué rincón olvidado del mar; Ahab recordaba una tormenta terrible y el combate con la ballena; después era el vacío y la oscuridad, finalmente la arena y el sol, el gusto amargo en la boca. Recuperaba la consciencia en aquella playa y no debía caminar demasiado para dar con la ruina de su enemigo, las costillas, la carne podrida, el espermaceti, el ámbar gris. Ahora estaba solo, y se le imponía la sensación de que la muerte de la ballena tenía un significado terrible. El mundo había cambiado, parecía más ligero, más plano, más simple; algo —o demasiado— se había perdido.

Pero había más: Ahab regresaba a la civilización, a Nantucket, a Boston, y descubría que el cambio y la pérdida eran visibles en todas las cosas. En los ojos de la gente, en las cosas que pasaban, en el paisaje. No sabía decir exactamente cómo, y nadie más parecía darse cuenta. Todo el mundo se movía y actuaba como si ese estado de cosas tuviese siglos, milenios de vida. Como si *todo hubiese sido siempre así*. Intentaba recrear su historia, pero sentía que la gente lo miraba en el mejor de los casos con esa paciencia necesaria para escuchar el relato del sueño de una pareja o un hijo: algo que carece por completo de importancia excepto para el que lo cuenta, e incluso quien lo cuenta ha de descubrir que las palabras no le hacen justicia a lo soñado.

Ahab, entonces, decide que habrá de apartarse de la humanidad. Él es el último sobreviviente de un orden distinto del mundo y nada de lo nuevo —de lo que ahora cabría llamar *humano*— le importa. Las cosas y la gente hablan otro idioma; él puede creer que lo entiende, puede producir enunciados que *funcionan* en los intercambios de palabras que acontecen todo el tiempo, pero él sabe que *quiere decir otra cosa*. O quizá ni siquiera eso: se ha encontrado con el vacío. Sus palabras, para él, ya no significan.

¿Qué hacer? Federico se levantaba todas las mañanas a hacerse cargo de su refugio, a cuidar las barreras, comprobar la eficiencia de las trampas, a apuntalar cada vez más y mejor su cabaña. A veces soñaba con un refugio construido con los pedazos del MiG-25 y los otros aviones que había visto —¿los había visto? ¿O había sido un sueño aquel MiG crucificado?—, una cueva de acero, aluminio y titanio decorada con las hermosas estrellas soviéticas. Quizá podría construirlo algún día, pensaba, y se ponía a imaginar un regreso a Kazajistán en busca de aquellos pedazos de aviones. Pero, a la vez, sabía que no había regreso posible, o al menos presentía algo intolerable en aquel lugar, el emplazamiento de la catedral, el punto cero del contagio.

Para entonces la analogía con el virus era la mejor manera de explicarse lo sucedido. Federico, por supuesto, había sido el vector. Quizá había algo literalmente *material* que se había apoderado de él, que lo había impregnado al entrar a la Catedral —y esos eran los recuerdos más confusos, para empezar porque en ningún momento podía recordar que la Catedral fuera un objeto tridimensional— y que después él mismo había diseminado en el camino de regreso y ya en Aktana.

Esa idea tenía su representación visual en la imagen de estar caminando por las calles de aquella ciudad posoviética y notar que el cambio se desencadenaba a su paso, como si agitase Federico una estela en la superficie de las cosas. Y pensaba que eso de alguna manera significada que él había *vuelto* con algo y que lo había implantado en el nodo de una circulación. Poco a poco aquello fue llevado al resto del mundo, a *todo* el mundo, a través de las calles y carreteras, de la circulación de turistas, de los medios de comunicación. Llegado el momento, entendía Federico, ningún lugar del mundo habría quedado al margen del cambio.

¿Qué había sido entonces de McCrausen y del hangar con la colección? Esa era quizá una de las tantas razones por las que otro regreso se volvía imposible: los aviones debían haber cambiado, debían haber mutado como los edificios y haberse convertido en otra cosa incomprensible. ¿O habían resistido? A veces Federico se lo preguntaba, y se complacía en proyectar en su mente la imagen de aquel hangar invadido por una forma de vegetación proliferante, una suerte de enredadera que cubría todos los rincones a la manera de un fractal, rodeando los fuselajes, las alas, los trenes de aterrizaje y las cabinas pero no *invadiéndolos*. Los aviones, en su visión, permanecían cubiertos por aquella cosa pero intactos en su interior.

Y era reconfortante pensarlo. Era una manera de creer —aunque Federico sabía que no era ni por asomo una certeza— que no estaba solo.

Esa parte del relato —un Ahab que encuentra que la imagen de su ballena muerta persiste en ciertos rincones del mundo, así fuese como representaciones cargadas de un sentido que otros no ven— volvía a recordarle a *King Kong*: Federico había cumplido con su descenso y había visto la Bestia. Como en las tres películas y en tantas otras ficciones parásitas, Federico había llevado al simio gigantesco a la civilización; él, por cierto, no lo había hecho voluntariamente ni sabía en realidad que estaba haciéndolo, pero sí había cumplido con la entrega, con el transporte. Solo que en esta versión de la historia el cadáver del simio —¿sería ese el origen de la imagen mental del monstruo recordado en la mansión de la infancia? — irradiaba su extrañeza y, como en una suerte de venganza, invadía la ciudad y abatía sus estructuras.

Estaba claro —tanto en la versión de 1933 como en las de 1976 y 2005— que eran el capitalismo, el ansia de lucro y la idea de que lo natural es aquello que está ahí para ser explotado lo que impulsaba a los hombres que atraparon al simio y lo llevaron —desde su extremo más remoto— al centro del mundo. En la versión de 1976 la tripulación del barco llega a la isla de la Calavera en busca de petróleo, como si se quisiera hacer todavía más evidente la conexión. Federico había buscado un avión en el que había aprendido a leer —gracias a McCrausen y a esa cadena de hechos que tanto había repasado en el desierto y después en el refugio— un símbolo de un mundo perdido o, si se quiere, su último sobreviviente. Pero la inversión del desenlace con respecto a las tres versiones cinematográficas de *King Kong* terminó por llevarlo a otra región del mapa de todas las historias: al núcleo de variaciones del relato de Heliogábalo, el emperador romano de la Decadencia que intentó implantar en el centro del imperio romano la deidad de su madre siria. Ese dios o diosa era representado por un trozo de hierro meteórico, la llamada Piedra Negra de Emesa, alojada en el Elagabalium, un templo dedicado a esa deidad llamada generalmente Elagabal y asimilada más tarde y reformateada por Roma bajo el rótulo de *Sol Invictus*, la vieja noción del dios solar, masculino y patriarcal. En su momento, sin embargo, las acciones de Heliogábalo fueron interpretadas como una provocación intolerable: él mismo — además de seguir los caminos del poder de su madre— puede ser entendido como un travesti (se vestía de mujer y se ofrecía sexualmente a sus sirvientes) o incluso como un transexual (el relato del funcionario romano llamado Herodiano señala que Heliogábalo había ofrecido una gran recompensa a quien pudiera intervenir su cuerpo quirúrgicamente para darle genitales de mujer), y Artaud, en *Heliogábalo o el anarquista coronado*, extiende esta noción a la subversión deliberada de todo orden mundano o civilizado, no apenas el sexual. El emperador aparece entonces como una figura singular, casi mítica en su rechazo a cualquier convención sobre lo humano. Bajo su reinado—y no importa si esto *realmente sucedió*, si se lo puede presentar como la *verdad histórica*— fue abolido el orden de la ley, el estado de derecho y, cabe extrapolar, toda forma de funcionamiento de lo que Federico llamaba la *maquinaria* de la civilización, eso que él mismo había contribuido a destruir. De alguna manera ambas historias eran la misma, solo que Heliogábalo había sido asesinado y vuelto anatema, y su deidad terminó formateada por y para el status quo, mientras que Federico, aunque ninguna historia lo contaría ni sería rescatada su memoria por futuros decadentes y surrealistas, podría ser descrito como el vector exitoso de una verdadera invasión alienígena.

Federico cazaba en el bosque, recogía agua de la lluvia y de los ríos vecinos, cortaba leña. Pasado el fin del mundo había vuelto a una vida elemental. Le gustaba respirar el aire de la mañana, del que había desaparecido todo rastro de industria y civilización, evitaba los animales mutados y trataba de racionar la ingesta de proteína animal para no depredar el bosque; logró reunir unas cuantas gallinas y un gallo, y aprendió no sin trabajo los trucos de los criadores.

Un día descubrió que algunos de los árboles habían empezado a mutar: era, acaso más lenta, la misma sensación que había obtenido al examinar los edificios de Aktana, meses atrás. Le llevó una semana decidirse a probar el primer fruto de esas nuevas criaturas: eran higos, le pareció, o creyó recordar que, meses atrás, las higueras habían crecido en ese lugar de su territorio. Se preparó para un viaje alucinatorio: la ingesta de aquella sustancia alienígena —o todavía mitad terrestre y mitad alienígena— seguramente debía trasladarlo al corazón de la invasión, al nunca recordado interior de la Catedral. Pero no pasó nada. Las frutas tenían buen sabor.

Eso lo alentó a cazar un conejo mutado. Despellejarlo no fue fácil —no había manera de saber realmente dónde terminaba la piel y empezaba la carne—, y ni siquiera la cocción a punta de fuego logró alterar del todo las formas cambiantes y la textura del animal, que, como la Catedral, era difícil de percibir como un volumen. Por esa misma razón la cacería se llevó dos días de intentos, pero finalmente, tras sentir que había digerido aquella carne, Federico descubrió que, a diferencia de los higos, no sabía bien. Daba un gusto amargo, que le recordó la resina de las plantas de aloe que crecían en el jardín de un vecino de su casa de veraneo en Punta de Piedra, pero más allá de eso no experimentó secuelas: ni las ansiadas alucinaciones ni los más preocupantes dolores, indigestión o envenenamiento.

No muy lejos de su refugio había descubierto una suerte de nodo o centro de la invasión, un monte más denso en el que abundaban ya no solo los híbridos sino criaturas que Federico conjeturó habían perdido todo parecido a plantas o animales terrestres. Se las percibía apenas como movimientos repentinos sobre las plantas menos mutadas, o incluso como un estremecimiento apreciable contra las ya irreconocibles. En ese nodo la vegetación había cedido al contagio, aunque persistía cierta presencia vegetal, un principio de clasificación posible, que Federico no había encontrado en ninguna de las otras criaturas alteradas. Las plantas y los árboles, concluyó, habían resistido más y mejor a la invasión; habían fallado, en última instancia, pero sus formas todavía ramificadas y con superficies dispuestas para encarar al sol hablaban de una supervivencia. Y había también un aroma: una presencia densa y musgosa en el aire de aquellos montes, que difundía de inmediato en la percepción un reconfortante corazón de verde. Allí Federico contemplaba, no sin nostalgia, los últimos restos de un mundo perdido.

No muy lejos del refugio, bajo unas colinas, se congregaba un buen número de seres humanos. Pronto Federico empezó a pasar sus tardes espiándolos, y descubrió que si bien la mayoría apenas había cambiado físicamente —a grandes rasgos, es decir; todos mantenían la silueta básica de un hombre o mujer—, había algunos individuos en los que empezaba a adivinarse el crecimiento de tumores o la aparición de deformidades. Los otros no los trataban de manera especial, pero era evidente que las jorobas y la alteración en la estructura de brazos y piernas los condicionaba a actividades diferentes a las de los menos alterados. Algunos, por ejemplo, trepaban a los árboles y pasaban horas enteras sentados en sus ramas; los más deformes encontraban grandes dificultades a la hora de trepar, pero parecían a la vez más proclives a acostarse en la hierba mutada y moverse de una manera inquietante, que pronto los volvía tan invisibles como aquellas otras criaturas que Federico había discernido o conjeturado no tanto tiempo atrás.

Un día Federico subió a las colinas y se dedicó a observar el campamento —era también la manera más sencilla de referirse al lugar, pese a que no había refugio alguno ni construcciones discernibles. Le pareció que por momentos emergía un patrón: los individuos se movían un rato y se quedaban repentinamente de pie en una posición aparentemente inmotivada, excepto si se la relacionaba con los lugares en los que los más cercanos se habían detenido. No estaba del todo claro, pero aparecía a partir de esos movimientos una sugerencia de grupos, de células diferenciadas. En algunos casos los grupos se formaban alrededor de un hombre o mujer más mutado, pero esas configuraciones duraban menos y sus integrantes —pasada una suerte de reacomodación que podía llevar hasta una hora de movimientos aparentemente al azar— pronto se incorporaban a grupos nuevos. A lo largo de una tarde podían formarse y desintegrarse cuatro o cinco arreglos, y no era raro que hubiera siempre un grupo en especial que acaparaba un número creciente de integrantes. En esos casos, el tercer o cuarto arreglo terminaba por formar una agrupación de diez o doce individuos, mientras que las inmediatamente vecinas no contaban con más de cinco o seis. Finalmente, ya en la noche, todos los grupos se dispersaban y sus integrantes se acostaban en cualquier parte, indiferentes a qué refugio les ofreciera el lugar.

Las noches eran frías, sin embargo. El tema empezó a preocupar a Federico, y una mañana se animó a mirar más de cerca. Ninguno de ellos reaccionó a su presencia, como si hubiese operado un hechizo de invisibilidad, pero tampoco tropezaban con él. Intentó hablarles, gritarles, cantarles, pero nada dio resultado. Sí descubrió que emitían un olor fuerte que, para variar, no le despertaba a Federico asociación alguna con cualquier cosa viviente del viejo mundo. A diferencia del núcleo vegetal que había percibido en el perfume de aquel monte más denso, los zombis —el término pronto le resultó inevitable— emitían un olor que hacía pensar en un color más allá del espectro o una frecuencia subsónica.

También descubrió Federico que se abrigaban con pieles, aunque no había manera de determinar hasta qué punto eran producto de una forma de manufactura. En algunos casos el abrigo parecía crecer del cuerpo, y el pelo denso y fino que los cubría —o zarcillos o espinas o antenas— solía ser del mismo color que las cabelleras de sus dueños.

No tardó en soñar. Al principio eso lo entusiasmó: era la primera vez, pensó, que algo lo afectaba a un nivel más profundo, que algo de ese mundo se abría camino en esas otras regiones de su mente. Pronto, sin embargo, empezó a temer aquellos sueños, en los que se descubría siempre solo y en peligro, perseguido y en fuga constante. Solía moverse por escenarios de su vida anterior: Punta de Piedra, algunas zonas transfiguradas de Montevideo o Detroit, incluso de las ciudades que había visitado en sus viajes: Moscú, Bucarest, Belgrado, Varsovia, Leipzig. Nunca llegaba a ver a sus perseguidores, pero en sus recuerdos de los sueños aparecían certezas: que eran antiguos compañeros de liceo, empleados de McCrausen, soldados de la RDA y múltiples variantes de tropas del Pacto de Varsovia, de la Alemania nazi, del ejército japonés, de los soviéticos en Afganistán y los Estados Unidos en Vietnam e Irak. En su huida Federico a veces se refugiaba en las cavernas metálicas de aviones de combate semienterrados, en bombarderos en ruinas, inmensos B-52 y Tu-16. En ningún caso recordó soñar con elementos del mundo nuevo, con la Catedral o la textura de las cosas mutadas, pero poco a poco empezó a asimilar esa ausencia a sus perseguidores, como si algo en su mente estuviera negándose —concluyó— a dejarse llevar, a que la invasión lo asimilara por completo y para siempre.

En otros de sus sueños recorría una ciudad antigua y decadente, de altísimos edificios ornamentados y al borde del derrumbe o ya en ruinas. Se registraba en un hotel y se encerraba en su habitación para llevar a cabo lo que parecía un experimento. Manipulaba máquinas que en el recuerdo le resultaban extrañísimas pero que en el sueño sabía exactamente cómo funcionaban, y el objetivo parecía ser la germinación de una semilla. No mucho más supo en las primeras ocurrencias de ese sueño; más adelante, sin embargo, empezó a emerger un relato completo. La planta que debía germinar era un alienígena —a veces, sin embargo, sentía que la planta era la verdadera forma nativa del planeta y los humanos, por tanto, los invasores— destruido siglos o milenios atrás y preservados los pocos pedazos sobrevivientes por una hermandad, de la que él era o creía ser el último sobreviviente. La misión de esa hermandad había sido propiciar el renacimiento de esa forma extraterrestre, que en los sucesivos sueños él aprendió a llamar *la flor*. Jamás logró entender en la vigilia para qué hacía lo que hacía, pero en esos sueños aquello era la misión de su vida. Pronto, además, los sueños de las persecuciones empezaron a fusionarse con los de la flor, y Federico huía por las calles de esa ciudad extraña y desolada; a veces cargaba con la criatura ya crecida, a veces con los elementos que necesitaba para su tarea.

Fuera de esas persecuciones, sin embargo, jamás había llegado a soñar con una conclusión. Del mismo modo que sus perseguidores jamás lo atrapaban —ni dejaban de amenazarlo—, nunca supo si la flor había llegado a germinar.

Finalmente se desinteresó por los humanos del claro. Lo preocupaban más sus propios sueños y sus tantas hipótesis sobre la Catedral y la invasión; además, la vegetación que rodeaba su cabaña había mutado casi enteramente y ya le resultaba difícil abrirse camino entre aquella maraña de formas fugaces y planas. Sus gallinas se habían infectado y las sacrificó antes de que la totalidad de su carne se echara a perder; vivía de lo poco que había aprendido a plantar y de los champiñones y setas que había reunido en el mínimo terreno descampado que rodeaba su cabaña. Los hongos parecían todavía más resistentes a la invasión: Federico aún no había encontrado en ellos rastros de contagio.

Pronto, sin embargo, sería más y más común encontrarlos muertos y extraordinariamente descompuestos; ya para entonces se habían secado las hortalizas y Federico no tardó en descubrir que la tierra de su huerto había cedido al contagio. Por momentos parecía que una escarcha ambarina había cubierto el suelo; al sol del mediodía aquello refulgía en una niebla de reflejos e interferencia que arrancaba nuevas sombras y relieves a la vegetación mutada.

Federico entendió que debía irse. Acopió los pocos alimentos que le quedaban y se internó en el bosque como una vez había entrado a la Catedral, solo que ahora cerraba los ojos y apartaba con su machete improvisado todo lo que le complicaba el avance. No tenía casi fuerzas: habían sido semanas enteras de vivir con lo mínimo, los últimos huevos, la carne hervida días atrás, los pocos hongos que había conservado. Le crujían las articulaciones y se le agarrotaban los músculos a medida que avanzaba a ciegas; había pasado demasiados días sin hacer más que recordar sus sueños y pensar y repensar la invasión.

Nada en derredor le indicaba que estaba avanzando; apenas sentía a veces la resistencia de lo que podía ser un tallo o una rama, o el movimiento cerca de sus piernas de alguno de aquellos animales ya irreconocibles. Caminaba en medio de la imagen arrojada por un caleidoscopio; a veces dejaba de avanzar y tanteaba con las manos: no había manera de comprender las distancias, y a su alrededor todo se estremecía en un movimiento imposible, como si el mundo de pronto se hubiese convertido en un vórtice de tentáculos finísimos.

Pensó entonces que acaso no había salido jamás de la Catedral, que los últimos meses de su vida no habían sido sino el fracaso de su mente por comprender semejante entorno. Pero al mismo tiempo empezó a definírsele con perturbadora claridad el deseo de ver las montañas, de pararse ante las más grandes formas del paisaje: mares, montañas, desiertos, glaciares, todo aquello que *no podía haber cambiado*. ¿O sí lo había hecho? La duda era inevitable, pero Federico reunió todas las fuerzas que le quedaban para convencerse de que no podía ser, de que había, de que *tenía que haber* cierta intimidad de la piedra o del hielo o de la arena que fuera indiferente por completo a la invasión.

Una vez más no hay manera de saber cuánto caminó. Cuando las fuerzas le fallaron definitivamente, cayó y empezó a arrastrarse, todavía preso en la maraña. Su cuerpo, entendió, se movía como un autómata. Ya no controlaba el avance, pero sí lograba constatarlo en el agotamiento; le parecía sentir además la dureza del suelo, como si por debajo de una capa viviente, cuyo grosor era imposible de precisar, estuviera la piedra incambiada. Mientras, su mente no registraba resistencia alguna a su movimiento. Las ideas se sucedían con tersura y él ejercía su voluntad como si estuviese todavía manejando la 4x4 y virase en cada encrucijada, seguro de cómo llegar a su destino. Pasaba de los recuerdos de Aktana y el Mar Caspio a los MiGs de la colección de McCrausen, de la casa de Montevideo en la que había vivido buena parte de su infancia y su adolescencia hasta la habitación en la que había puesto en papel sus palabras sobre aviones de combate; a la vez repensaba el contagio, la posibilidad de una infección física, real, del equivalente de un virus encerrado en la Catedral y transportado por él a la civilización, sin eliminar la posibilidad que le había sugerido aquel recuerdo extraño del cadáver encontrado en Punta de Piedra, el papel de las palabras.

De pronto sintió frío. Sus dedos se clavaban en algo helado, algo que podía desmenuzar, algo que se integraba si lo reunía, si lo apretaba. Era nieve, entendió. Se llevó las manos a los ojos:

había cerrado los párpados no sabía cuánto tiempo atrás, pero le parecía ahora que algo los obstruía, una sustancia pegada a su piel. Se esforzó en desprenderla: debía ser arcilla seca, decidió, y logró descascararla hasta que sus párpados quedaron libres. Abrió los ojos. Todavía lo rodeaba la bruma de formas, pero había una dirección en la que su densidad era menor, y se esforzó hacia allí. Miró sus manos: el suelo ya no estaba cubierto por el contagio y solo había nieve.

Después la zona menos densa creció y lo abarcó, y el aire se volvió más tenue y frío. Había un olor cristalino o metálico, apenas perceptible, y Federico miró hacia el cielo. Estaba nublado, pero podía distinguirse el resplandor del sol. A sus espaldas había una confusión de nervios, caños, venas, piernas, ojos, ventilas, dientes, manos, hélices, tallos, tentáculos, antenas, raíces, cables, calles, ruedas, cristales, engranajes, troncos, pelos, penes, pezones, pistones, hojas, alas, émbolos y vaginas, moviéndose sin ir a ninguna parte.

Por delante, a no más de diez metros —y le alegró poder calcular la distancia, lo hizo reír de júbilo que el mundo de pronto hubiese adquirido una tercera dimensión—, empezaba a levantarse un cerro, una elevación blanca y redondeada. Más allá estaban las montañas, y en algún lugar en el medio, a cien o ciento cincuenta metros, brillaba el metal de un avión abandonado.

Era una máquina grande, y a Federico, que se había puesto de pie y avanzado, le costó reconocerla. Estaba en buen estado y la forma de su trompa y las estructuras similares a flotadores debajo de las alas la asemejaba a un animal del ártico que se arrastrara trabajosamente fuera de su madriguera. Entonces recordó: debía ser un Bartini Beriev VVA-4, una aeronave de vuelo rasante y despegue vertical fabricada en la Unión Soviética en 1972. Había escuchado muchas veces, en sus años de búsqueda de aviones para la colección de McCrausen, que apenas quedaba un Bartini Beriev VVA-4, desmantelado y en exhibición en el Museo de la Fuerza Aérea rusa; el que se levantaba a pocos metros de Federico estaba increíblemente bien conservado, como si el frío del entorno hubiese logrado el prodigio de frenar la decadencia y la entropía.

Curiosamente, el frío también le había devuelto la energía a Federico, que rodeaba al avión y tocaba sus superficies, sus pontones inflables, sus tomas de aire. Logró también trepar hasta la parte superior del fuselaje, cubierta de nieve, y así abrirse camino, dificultosamente, hasta las ventanillas de la cabina. Allí le pareció distinguir otros centelleos cercanos; la nieve que cubría todo el paisaje lo encandilaba, pero entrecerrando los ojos y usando sus manos a modo de visera logró discernir de qué se trataba. Ahí nomás los vio. Aviones, misiles y helicópteros, todos cubiertos de nieve, grandes osamentas grises que habían sobrevivido bajo la forma del osario definitivo del acero y el aluminio, las ballenas y los elefantes.

Se deslizó por la curva del fuselaje del VVA-4 y cayó a la nieve. Las estrellas de todas aquellas máquinas voladoras lo llamaron al centro del cementerio.

Índice

JUAN MANUEL CANDAL

ARGENTINA, 1976

Nació en Buenos Aires y se licenció como director y guionista de cine. Ha publicado los volúmenes de cuentos *Yo robé tu nombre* (2009), *Siempre tendremos Venezuela* (2011), *Intimidad para el ojo iniciado* (2013) y *Prisma* (2015), además de la novelas *Mundo porno* (2012), *Boutade* (2013) y *#RGB* (2016). Es también autor del libro de ensayos *Rosas para Stalin + el magnífico legado de Curtis LeMay* (2013). Colabora en varios medios periodísticos como crítico y ha publicado cuentos en antologías y revistas de creación. Codirige la editorial Décima Editora. Blog: milpalabrasnopuedenequivocarse.blogspot.com

Twitter: @juanmcandal

SALVADOR LUIS RAGGIO MIRANDA

PERÚ, 1978

Nació en Lima y estudió dirección de cine y un doctorado en literatura hispánica. Es autor de los libros de cuentos *Miscelánea o el libro geminiano* (2006), *Shogun inflamable* (2015) y *Otras cavidades* (2017), y de las nouvelles *Zeppelin* (2009), *Prontuario de los pies y de los zapatos* (2012) y *Piezas* (2018). Como editor ha compilado diversas antologías, entre las que destacan *Asamblea portátil* (2009), *La condición pornográfica* (2011) o *Kafkaville* (2015), y la colección de ensayos académicos *Salón de anomalías. Diez lecturas críticas acerca de la obra de Mario Bellatin* (2013). Sitio web: www.salvadorluis.net

Twitter: @SalvatoreLuigi1

RAMIRO SANCHIZ

URUGUAY, 1978

Nació en Montevideo, es narrador y traductor. Entre sus libros destacan las novelas *Perséfone* (2009), *Historia de la ciencia ficción uruguaya* (2013), *El orden del mundo* (2014), *El gato y la entropía #12&35* (2015), *Las imitaciones* (2016) y *La expansión del universo* (2018). Ha publicado, asimismo, cuentos en diversas revistas y antologías nacionales e internacionales. En la actualidad, además de la escritura a tiempo completo, se dedica al periodismo cultural y la crítica literaria en el periódico *La Diaria*. Blog: aparatosdevuelorasante.blogspot.com

Instagram: @rasanchiz

ELEKTRIK GENERATION
2019